홍창진 신부의 유쾌한 인생탐구

홍창진 신부의 I'm your Father 유쾌한
인생탐구

홍창진 지음

중앙books

신부님을 만난 건 신의 특별한 배려였습니다.

제 욕심 채우느라 세상을 어지럽혔을지도 모를 사람을

봉사하는 삶으로 이끌어주신,

평생 구멍 난 양말과 낡은 양복 두 벌로 본을 보이신,

스승 고 길홍균 신부님께 이 책을 바칩니다.

인생, '척'하지 말고 솔직하게 삽시다

우연한 기회에 사주와 관상으로 사람들에게 인생 상담을 해주는 분을 만났습니다. 알고 보니 몇 권의 베스트셀러를 낸 유명한 소설가로, 한때 국회의원까지 지낸 분이었습니다. 빈민들을 위한 사회 운동을 하다가, 인간의 삶 본질에 관심이 생겨 명리학을 공부하게 됐다는 그분이 내게 말했습니다.

"신부님, 방송에 나가 이름을 알리셨으니 이제 일반 대중들을 직접 만나서 강의 좀 해주세요. 요즘 사람들이 얼마나 사는 게 힘들면 종교인도 아닌 저를 찾아와 고통을 호소하겠습니까?"

잠자코 웃어넘겼지만, 집으로 돌아오는 길에 그 말이 계속 생각났습니다. 속내를 들킨 기분이었다고 할까요?

사실 성당 업무만도 피곤했고, 몇 년 전부터 하던 방송 출연에 대해서도 반기는 사람이 있는 반면 곱지 않은 시선도 있어서 부담을 느끼던 차였습니다. 안 그래도 '신부가 너무 속세를 벗 삼는 거 아니냐'는 소리가 들려오는데, 굳이 비판을 무릅쓰고 일을 벌일 필요는 없다는 생각에 크고 작은 강연 요청을 고사해 왔습니다. 좀 더 솔직히 말해 '나 하나 나선다고 세상이 달라질 일도 없고, 이 정도만 해도 신부로 사는 데 아무 지장이 없다'는 마음이 있었습니다.

그런데 사람들이 힘들어한다는 그 말이 뇌리에서 떠나지 않았습니다. 자기 자리에서 열심히 살아가는 평범한 사람들이 인생의 길이 막혀 울고 있는데, 나 혼자만 거룩한 척하며 편한 곳만 찾아다닌 게 아닌가 싶어 부끄러웠습니다. 그래서 내 일은 아니라 생각했던 자리도 찾아가보자고 뒤늦게 마음을 고쳐먹었습니다. 부족한 글재주이지만 이 책도 그런 마음으로 쓰게 되었습니다.

살아가면서 우리는 크고 작은 벽에 부딪힙니다. 가던 길이 막혀 어떻게 해야 할지 모를 때가 많습니다. 그런데 가만히 보면 길을 찾지 못하는 건 내 안에 허세가 자리하고 때문입니다. 허세를 벗어버리고 솔직한 나를 찾는 작업이 막힌 내 인생을 뚫을 수 있는 방법입니다.

사제 생활을 시작한 초반에 허세를 부리며 살았습니다. 남의 시선을 의식하느라, 또 세상이 정한 규율대로 사느라 참 많이 애를 썼습니다. 그게 오히려 쉽게 풀릴 문제를 심각하게 만들고 나를 구속하는 족쇄가 된다는 걸 몰랐습니다. 그러다가 어느 순간 깨닫게 되었습니다. 내게 맞지 않는 옷을 억지로 입고 있을 필요가 없다는 걸, 내가 불편하면 남도 나를 불편하게 여긴다는 걸 말입니다.

뭔가 두렵거나 우울한 기분이 들면 잠들기 전 명상을 합니다. 두려움과 우울감은 내가 만든 허세에서 생긴 것입니다. 그 허세를 찾아내 솔직한 나로 돌려놓으면 사이다를 들이킨 듯 막힌 속이 뻥 뚫리고. 두렵고 우울하던 마음이 사라집니다. '그냥 솔직해지자. 내 깜냥이 아닌 건 그대로 두고 할 수 있는 일을 하자'는 생각이 들고, 없던 용기가 샘솟습니다. 내게 있어 명상이란 이렇듯 가면을 벗고 솔직한 나를 찾는 작업입니다.

아픈데 안 아픈 척, 모르는데 아는 척, 싫은데 좋은 척하지 마십시오. 창피해도 잘못한 건 잘못했다고 솔직하게 말하는 게 사이다 같은 인생을 사는 비법입니다. 이 책은 제 고백서이고 제 몇몇 이웃의 고백서입니다. 나와 그들이 솔직해지면서 얼마나 인생이 유쾌해졌는지 말해주고 싶었습니다.

인간은 참 허약합니다. 누군가의 위로와 사랑을 받아야 합니다. 그러려면 나 스스로 솔직해져야 합니다. 솔직한 나를 이웃이 사랑해주기 때문입니다. 허세 부리는 나, 가면을 쓰고 있는 나는 진심으로 사랑을 주고받을 수 없습니다.

있는 그대로의 자신을 인정하고 나를 솔직히 드러내는 일이 쉽지는 않습니다. 못나 보이면 어쩌나, 남들이 수군대면 어쩌나 두렵기도 할 겁니다. 그러나 용기를 내는 순간, 버겁던 인생이 가벼워지고 마음이 따뜻해집니다. 솔직한 내 모습에 사람이 모이고 외롭던 인생이 사람 소리로 시끌벅적해집니다.

한번 지나간 인생은 되돌아오지 않습니다. 결코 되돌릴 수 없는 순간을 어떻게 보내야 할까요? 짧은 제 인생을 탐구해보니, 못나고 부족한 나를 있는 그대로 사랑하면서 사는 것 외에 다른 인생의 교훈이 없다는 걸 알게 되었습니다.

당장 내일 죽어도 괜찮은 삶, 나 잘 살았다고 말할 수 있는 삶을 위해 제 솔직한 경험을 차곡차곡 적어보았습니다. 부족하지만 아껴주시고 사랑해주십시오.

2016년 여름, 광명성당에서

홍창진 신부

2장 인생에 정답은 없지만 한 마디 거들자면

3장 어제보다 오늘 더 행복해지는 법

4장 어서 오십시오, 홍 신부의 유쾌한 인생상담실

나는 사람들을 만날 때면 사랑할 수 있을 때 마음껏 사랑하라는 말을 자주 합니다. 뭔가 이루어져야만 사랑일까요? 서로 마음을 나누는 그 애틋한 경험은 어떤 형태로든 남아 우리 삶을 풍성하게 합니다. 또 사랑하고 사랑받았다는 기억만 있어도 삶이 참 좋은 것임을 깨닫게 됩니다. 길어야 백 년도 못 사는 인생 아닙니까. 그러니 후회하지 말고, 망설이지 말고 마음껏 사랑하십시오. 단언컨대, 진한 사랑 한 번 못해보고 인생을 마감한다면 죽을 때 정말 후회할 겁니다.

1장

괴짜 신부의
세상살이에 대한
훈수

날라리
신부여도
괜찮다

자신을 옥죄던 틀에서 벗어나면 모든 것이 달라 보입니다

내가 선 곳에서 딱 한 계단만 내려와도
인생의 많은 고민이 해결됩니다.
행복은 채우기보다 비우고 버릴 때 찾아옵니다.

무슨 이유에서인지 사람들은 나를 '괴짜 신부', '날라리 신부'라고 부릅니다(좀 친해졌다 싶으면 조폭 신부, 거지 신부라고까지 합니다). 심지어 성직자 복장인 수단이나 로만 칼라를 착용하지 않으면, 내 입으로 밝히기 전까지 신부라는 걸 알아채는 사람이 없습니다. 공적인 자리 외엔 반바지에 슬리퍼 차림이 일상이다 보니, 처음 보는 사람들 눈엔 집 근처에 마실 나온 아저씨 정도로 비치는 듯합니다. 나중에서야 "아이쿠, 신부님인 줄 몰랐어요" 하며 당황해하는 걸 보면 말입니다. 그러면서도 여전히 '정말 신부 맞아?' 하는 의심스러운 눈초리로 바라보는 사람들에게, 그냥 하던 대로 대하라며 농을 거는 쪽은 오히려 저입니다.

그런데 가만히 돌이켜보면 처음부터 이런 신부 같지 않은(?) 신부는 아니었던 것 같습니다. 사제복을 입고 처음 몇 년은 얼굴에 '근엄'이라는 말을 써 붙이고 살았습니다. 성경 속에 등장하는 '어린 양을 인도하는 목자'였던 엄숙한 사제가 김치 국물이 묻은 트레이닝복 차림의 동네 아저씨로 탈바꿈한 데에는 사연이 있습니다.

　사제가 된 지 7년째 접어들 무렵, 한 3년간 중국에서 선교 활동을 했습니다. 당시 중국은 개방은 했지만 종교에 관해서는 여전히 삼엄한 장벽을 치고 있었던 터라, 우리 신부들 사이에선 '대만 신부가 중국에서 선교를 하다가 쥐도 새도 모르게 죽었다더라', '어느 프랑스 신부가 중국에서 교통사고로 죽었는데, 알고 보니 남몰래 포교하다가 중국 공안에게 살해당한 거더라' 등 흉흉한 소문이 나돌고 있었습니다.

　그러던 차에, 고향이 옌벤延邊인 주교님으로부터 중국으로 떠날 지원자를 받는다는 모집령이 떨어진 겁니다. 중국엔 관심도 없었고, 더구나 목숨을 걸고 선교활동을 할 소명감 따위는 털끝만치도 없어서 모집령을 무시하고 있었는데, 눈치 없는 후배 신부가 순진한 얼굴로 찾아와서는 "형님, 저랑 같이 가요" 하는 거였습니다. 선배 된 체면에 겁나서 못 가겠다는 말은 차마 못 하고, '우리 교구에 속한 신부만 해도 200여 명인데, 설마 내가 뽑히겠어?' 하는 얄팍한 생각으로 지원서를 냈습니다.

그런데, 설마가 사람 잡는다고 지원한 지 며칠도 안 돼 주교님으로부터 "어려운 자리에 지원해줘 고맙다"는 전화가 걸려왔습니다(그 전화를 받고 얼마나 벽에 머리를 박았는지 모릅니다).

울며 겨자 먹기로 인사 공문을 받아들었는데, 좀 이상했습니다. 사유란에 떡하니 적힌 '중국 유학'. 선교하러 가는데 웬 유학이냐고 물으니, 중국은 성직자 입국이 금지되어 있으니 일단 유학생 신분으로 위장해 입국을 하랍니다. 이러다 진짜 죽겠구나 싶었습니다.

밤잠을 설치며 몇 날을 보낸 끝에 중국 창춘長春에 도착한 것은 1월. 소변을 보면 땅에 닿기도 전에 얼어버린다는 그 살벌한 도시에서 나흘을 머물다가 목적지 옌지延吉에 겨우 도착했습니다. 그래도 객사하지 않고 무사히 왔구나 싶어 한숨을 돌리고 거리로 나서다가 그만 멈칫하고 말았습니다. 길을 걷는 사람들이 너나 할 것 없이 국방색의 낡은 인민복 차림인 겁니다. 거리 전체가 마치 영화에나 나올 법한 대규모 군부대 같았지요. 그 속에서 내가 걸치고 있던 가죽 코트는 '어서 저를 잡아다 털어가세요'라는 표시나 다름없었습니다. 서둘러 중국 돈 20위안에 국방색 코트를 사서 갈아입고는 고개도 들지 못하고 옌지 성당으로 향했습니다.

두려움과 불안 속에 성당에서 지내길 며칠. 조선말을 쓰는 그곳 신부님과 한솥밥을 먹다 보니, 타국 생활도 그럭저럭 적응이 되었습니다. 그런데 타지 생활에 적응이 될수록 이상하게 마음이 편하지 않았습니다. 조선족 자치주인 옌지는 비교적 종교 활동이 묵인되었기 때문에 조선족 신부들이 제법 활동을 하고 있었습니다. 말하자면 옌지는 딱히 한국인 신부가 필요 없는 곳이었습니다. 말이 통하니 굳이 중국어를 배울 필요도 없었고 말입니다.

고민 끝에 나를 이곳으로 보낸 주교님께 장문의 편지를 띄웠습니다. 선교하겠다고 떠나온 이상, 나를 필요로 하는 곳으로 거처를 옮기겠다고 말이지요. 그러고는 무작정 중국어 공부에 매달렸습니다. 현지인 선생까지 동원해가며 기를 쓰고 공부한 끝에 현지인들의 말이 귀에 들리기 시작했고, 조선족이 거의 없는 요동반도 끝 다롄大連으로 거처를 옮길 수 있었습니다.

하지만 그곳에서도 한국인 신부로서 할 수 있는 일은 없었습니다. 거처를 옮겼다고 유학생 신분이 바뀌는 건 아니었으니 말입니다. 인구 800만 명인 도시에 성당은 단 하나. 물어물어 찾아간 그 성당의 신부는 외국인 신부가 종교 활동을 하면 큰일 난다며 만나자마자 잔뜩 긴장한 모습을 보였습니다. 일단 나는 손사래를 치면서 "안 해! 안 해! 안 한다니까!"를 연발했습니다. 학생 신분에 충실할 테니 걱정하지 말라고 안심을 시켰지요.

실랑이 끝에 제대 위가 아닌 신자석에서 그냥 주일 미사에만 참석하겠다는 말을 끝으로 집으로 돌아오는데 기분이 참 이상했습니다. 집 떠나 군대 포함 10년 세월을 신학대학에서 보내고, 신부로 산 지 8년. 나름 천주교 간부(?) 생활을 하다가 다시 평신도로 돌아가는 기분이라니. 그런데 그 요상한 기분도 잠시, 평신도 생활 첫 주일부터 사단이 났습니다. 늦잠을 자다가 그만 주일 미사 시간을 놓쳐버린 겁니다. 하는 수 없이 벽을 보며 혼자 미사를 드리는데, 문득 한국에서 신부생활을 할 때가 떠올랐습니다.

당시 나는 신자들이 주일 미사에 늦거나 빠지는 것을 도무지 이해할 수 없었습니다. 고백소에서 신자들의 죄 고백을 듣다 보면 거의 전부 주일 미사에 빠졌다는 말을 했는데, 아무리 타일러도 그 빈도가 줄지 않아 나중엔 화가 났습니다.

"회사나 학교는 꼬박꼬박 제시간에 잘 나가면서 일주일에 딱 한 시간을 못 맞춥니까?"

나중에는 고백소에서는 물론 강론 때마다 "주일 미사 참여는 하느님을 사랑하는지, 아니면 돈이나 명예를 사랑하는지 보여주는 증표"라며 목청을 높였습니다.

그런데 그렇게 열변을 토하던 내가 중국에서 평신도가 된 지 일주일 만에 버젓이 주일 미사에 빠지고 만 겁니다. 그것도 늦잠 자다가 말입니다. 20여 년을 굳건히 지켜온 규칙도 이렇게 어이없이 깨질 수 있다는 걸 깨닫는 순간 헛웃음이 났습니다. 바뀐 건 그저 성당 울타리 밖에서 숙식한다는 것뿐이었는데 말입니다.

헛웃음 날 일은 그뿐만이 아니었습니다. 한국 교구에서 보내주는 월 60만 원 생활비가 너무 빠듯해 5,000원 내기로 결심한 헌금을 몇 주 지나지 않아 2,000원으로 하향조정하고 말았습니다. 그러던 어느날, 자전거를 타고 학교를 가는데 앞서 가던 노인이 뱉은 가래침이 내 얼굴에 정통으로 달라붙었습니다. 그 순간 깨달았습니다. 이 중국 땅에서 나는 그저 한 명의 인민일 뿐이라는 걸.

아마 그때부터인 것 같습니다. 신부로 살면서 무의식중에라도 위에서 아래로 시선을 맞추던 태도를 끊어버리게 된 것이 말입니다. 신부라는 직함을 내려놓고 그저 '사람'으로 다시 살기를 3년.

그런데 생각보다 그 시간이 나쁘지 않았습니다. 머릿속에서

‘신부로서’라는 말을 지우고 나니 지금 이 자리에서 할 수 있는 일들이 비로소 눈에 들어오기 시작했고, 이것저것 재지 않고 바로 실행에 옮길 수 있었습니다. 가장 먼저 한 일은 성당에서 만난 한국 신자들과 함께 작은 공동체를 만드는 것이었습니다. ‘신부로서’가 아니었기에 그들과 같은 입장에서 마음을 나눌 수 있었고, 어느덧 100명이 넘는 사람이 모였습니다.

만일 내가 평신도로 살지 않았더라면, 중국에서 크고 작게 사업을 꾸리고 있는 한국인 신자들을 통해 자연스럽게 선교를 할 수 있을 거라는 생각도 미처 하지 못했을 겁니다. 그 경험으로 한 달에 한 번 칭다오靑島를 다니면서 그곳도 모임을 만들게 되었는데, 그 모임은 200명이 훌쩍 넘는 공동체로 성장했습니다.

중국을 다녀온 뒤 내 사제 생활은 전과 참 많이 달라졌습니다. 아니 내가 달라졌다기보다 내 눈에 들어오는 모든 것이 달라 보였습니다. 미사 후 신자들과 인사하는 것이 피곤해 사제관으로 들어오던 것은 옛말. 한 사람이라도 더 손잡고 인사하고 싶은 마음이 생겼습니다. 그저 내가 생각한 신부의 모습에서 한 계단 내려온 것뿐인데, 이상하게 사람이 모여들었습니다. 그리고 전에는 문득문득 가슴을 후비던 고독감도 언제 그

랬냐는 듯 사라졌습니다.

신기한 건 20여 년 전의 내 사진과 요즘 내 사진이 참 다르다는 것입니다. '자뻑'일지 몰라도 내 눈에는 젊었을 때보다 지금 모습이 훨씬 매력적입니다. 머리숱이 줄고 배는 좀 나왔지만.

좋아하는 어구 중 '도의 길은 하루하루 없애가는 것爲道日損'이라는 말이 있습니다. 버리고, 내려놓고, 비우며 그렇게 하루하루 지내는 동안 어느덧 괴짜 신부, 날라리 신부라는 별명을 얻었습니다. "신부가 뭐 저래?" 하고 수군대는 소리도 없진 않습니다. 하지만 그러면 좀 어떻습니까. 내가 행복하고, 더불어 남도 행복질 수 있으니 말입니다.

신부에게도
첫사랑은
있지요

사랑할 수 있을 때 마음껏 사랑하십시오

사랑은 꼭 이루어져야만 의미가 있는 것이 아닙니다.
사랑하고 사랑받았다는 기억만 있어도
삶이 참 좋다는 것을 깨닫게 됩니다.

삶에는 우리가 컨트롤할 수 없는 것이 참 많습니다. 남녀 간의 사랑이 특히 그런 것 같습니다. 자주 들르는 레스토랑에 귀여운 강아지가 업둥이로 들어왔는데, 어느 날부터인가 시도 때도 없이 짖어댔습니다. 주인에게 이유를 물으니 제 짝을 찾느라 그러는 거랍니다. 그대로 두면 목줄 끊고 담장을 넘을 수도 있어서 조만간 정관수술을 시킬 생각이라고 했습니다. "그럼 나는 뭐지? 수술도 못한 채 여자 없이 살아야 하는 나는 정말 불쌍한 인생이네요" 하니 함께한 일행들이 폭소를 터뜨렸습니다.

신부와 여자. 비극의 시작입니다. 1950년대만 해도 신부가 되려면 중학교 과정인 소신학교에서부터 기숙사 생활을 해야 했습니다. 방학 때 집에 돌아갈 수 있었는데, 그때 선생 신부들이 학생들에게 이렇게 당부했다고 합니다. "여자는 마귀다. 나이 고하를 막론하고 아예 눈길도 주지 마라!"

한 학생은 그 말을 듣고 방학 내내 어머니마저도 피했습니다. 그 모습이 못내 서운했던 어머니가 조용히 이유를 물으니 "여자는 다 마귀니까 어머니도 피해야 해요" 했다나요. 어처구니없는 이야기이지만, 지금도 신학대학에서는 정절에 대한 규칙이 생활 곳곳에 배어 있습니다.

하지만 규칙은 규칙이고, 자연스럽게 생기는 감정을 억누르기가 어디 쉽겠습니까. 이제 와 고백하지만 신학대학 시절에 내게도 '썸' 비슷한 사건이 있었습니다.

대학 1학년 여름 서울 근교 작은 성당에서 주일학교 아이들을 가르쳤습니다. 그런데 당시 교리 교사들 중에 서울에서 대학을 다니는 예쁘장한 여학생이 있었습니다. 함께 지내다 보니 친해져서 한번은 자전거를 타고 성당에 가는 길에 그녀를 뒷자리에 태웠습니다. 바람결에 살짝 풍기는 비누 냄새가 참 향기로웠지요.

그런데 한참 달리던 중 자전거가 그만 논두렁으로 빠지고 말았습니다. 우물이 있는 근처 집에 들어가 흙탕물을 닦아내는데, 그 집 할머니가 한마디 하시는 겁니다. "젊은 부부가 예쁘기도 하네. 서울서 왔소?" 포복절도하며 즐거운 한때를 보낸 것도 잠시. 워낙 작은 동네였던지라, 신학생이 말만 한 처자를 자전거에 태우고 다닌다는 소문이 삽시간에 퍼졌습니다. 특히 주일학교 교사들 사이에서는 한참 진도가 나간 소설이 쓰이고 있었지요. 딱 한 번 자전거를 함께 탔을 뿐인데 말입니다.

소문은 커질 대로 커져 결국 주임 신부님께 불려갔습니다. 신부님께서는 대번에 "연애를 한다는 소문이 사실이냐" 하고 물으셨습니다. 아니라고 했더니, 이번에는 자전거를 태운 적이 있느냐고 물으십니다. 곧이곧대로 그렇다고 하니 표정이 심각해지면서 그 밖에 접촉은 없었느냐고 합니다. 그 밖에 접촉이 뭘 의미하느냐고 여쭸더니 "손을 오랫동안 잡고 있었다거나…" 하고 말꼬리를 흐리며 헛기침을 연거푸 하셨습니다. 거의 심문 수준의 질문을 마친 신부님은 앞으로 그 여학생과 일절 만나지 말라는 명령을 내리셨습니다. 나중에 안 일이지만, 그 뒤 그 여학생은 집안 어른과 함께 신부님께 불려가 호되게 야단을 맞았고, 결국 서울로 압송되고 말았습니다.

그녀가 떠난 뒤 홀로 남은 나는 주일학교 봉사가 시들해졌습니다. 혼자 자전거를 타고 논두렁을 달리던 기억이 아직도 선명합니다. 손 한 번 잡지 않았지만, 그렇게 가슴이 시렸던 걸 보면 그건 분명 사랑이었습니다.

드라마에나 나올 법한 이야기지만, 사실 이게 내 첫사랑은 아닙니다. 내 첫사랑은 고등학교 때 찾아왔습니다. 그녀를 처음 본 건 그보다 훨씬 전인 초등학교 4학년 때였습니다. 첫 수업에서 그녀를 발견한 나는 1년 내내 그 친구에게 잘 보이려고 온갖 노력을 기울였습니다. 예쁘고 공부도 잘하는 그녀와 어울리는 사람이 되기 위해 지각 한 번 안 하고 공부도 열심히 했지요. 땟물 자국이 줄줄 흐르던 녀석이 주말마다 동네 목욕탕에 달려가는 걸 보고 식구들은 기적이 일어났다며 놀라워했습니다. 하지만 안타깝게도 같이 수업 받는 동안 나는 그녀에게 말 한 번 걸어보지 못했습니다.

그 뒤로 세월이 훌쩍 지나 고등학교 2학년 말. 이게 웬일입니까. 그녀가 성당 예비자 교리반에 들어온 겁니다. 당시 고등부 회장을 맡고 있던 나는 신이 주신 기회를 놓치지 않았습니다. 예비신자를 돕는다는 핑계로 첫날엔 성당 구석구석을 안내해주었고, 그 뒤로는 주일학교가 끝나면 집까지 데려다주곤 했습니다. 온갖 폼을 다 잡고는 신앙생활에 대해 설명도 해주었지요(아는 척하느라 교리 책을 얼마나 봤는지 모릅니다).

예전의 내 모습을 그녀는 어떻게 기억할까 싶어 어느 날인가 "너 옛날에 재수 없게 굴던 거 기억나?" 하고 물었더니 그녀 왈, "너 우리 반이었니?" 순간 가슴이 저렸지만, 이후로는 흐뭇한 나날의 연속이었습니다. 그녀를 만날 생각에 일주일 내내 일요일만 기다렸습니다. 심지어 거울 앞에서 그녀에게 어떻게 말을 걸지 연습도 했습니다. 그런 내 마음이 하늘에 닿았던지 어느 순간 그녀도 내게 마음을 열기 시작했습니다. 시덥지 않은 농담 한마디에도 웃어주는 그녀를 보고는, 독서실을 같이 다니자고 용감하게 제안했지요.

그날부터 우리는 독서실을 함께 다니며 시간을 보냈습니다. 그녀가 가져온 간식을 함께 나눠먹으며 이런저런 이야기를 나누는 시간은 정말 꿈같았습니다. 얼굴만 아니라 마음도 예뻤던 그녀는 우리 집 형편이 어려운 것을 알고는 아무도 몰래 연탄 광을 채워주기도 했습니다. 나중에 사실을 알고 크게 화를 냈지만, 그 사건을 계기로 우리는 더 가까워졌습니다.

독서실 연애를 3개월쯤 했을 때 그녀가 이사를 했습니다. 하지만 그렇다고 만남이 끊이진 않았습니다. 버스정류장에서 버스를 예닐곱 대쯤 보내고 느지막이 버스를 타고 그녀 집 근처에서 내린 다음, 또 예닐곱 대쯤 버스를 보낸 뒤 막차를 타고 집으로 돌아오곤 했습니다. 어느 추운 겨울에는 세 시간을 걸어 그녀를 데려다준 적도 있습니다.

그러나 어느 순간부터 혼자 돌아오는 버스 안에서 가슴 벅찬 기쁨과 동시에 아련한 아픔이 가슴을 건드렸습니다. 사실 나는 고등학교 2학년 초부터 신부가 되기 위한 준비를 하고 있었습니다. 그녀도 그 사실을 알았지만 당장 닥친 일이 아니었기 때문에 장래에 대한 이야기를 나눌 때에도 심각하지 않았습니다. 이상하게도 사랑은 사랑이었고, 꿈은 꿈이었습니다.

하지만 이제 선택을 해야 한다는 섬뜩한 생각이 들었습니다. 고민 끝에 진로를 상담하던 신부님께 복잡한 심정을 털어놓았습니다. "입학이 얼마 남지 않았다. 연락도 하지 말고 편지도 주고받지 마라." 신부님의 단호한 말씀에 숨이 턱 막혔습니다. 지금도 선명하게 기억합니다. 남산공원 식물원 앞 그 벤치. "신부님이 너 만나지 말라고 하시네…." 1초도 지나지 않아 흐느끼는 그녀의 어깨를 한참 동안 허망하게 바라보았습니다.

신부가 된 뒤로 이런 풋사랑조차 맛볼 기회가 영영 사라졌습니다. 보통 사람들에게는 이런 신부 생활이 무미건조하게 보일지도 모르겠습니다. 그런데 청춘일 때 겪은 애정 행각(?) 덕에 세상을 바라보는 마음이 조금 더 넓어졌습니다. 사랑 한 번 하지 않고 신부가 됐더라면, 누구나 겪는 애정 문제에 진심을 담아 조언하지 못했을지 모릅니다. 그리고 가끔 떠오르는 그 기억은 어린 시절 보물 상자를 열 때처럼 가슴을 반짝이게 만듭니다. 삶이 고단하게 느껴질 때 문득 미소 지을 수 있는 건 진심을 다해 사랑한 기억이 있기 때문입니다.

그래서 나는 사람들을 만날 때면 사랑할 수 있을 때 마음껏 사랑하라는 말을 자주 합니다. 뭔가 이루어져야만 사랑일까요? 서로 마음을 나누는 그 애틋한 경험만으로도 우리 삶은 풍성해집니다. 사랑하고 사랑받았다는 기억만 있어도 삶이 참 좋은 것임을 깨닫게 되지요.

길어야 백 년도 못 사는 인생 아닙니까. 그러니 후회하지 말고, 망설이지 말고 마음껏 사랑하십시오. 단언컨대, 진한 사랑 한 번 못해보고 인생을 마감한다면 죽을 때 정말 후회할 겁니다.

〈울지마 톤즈〉
이태석 신부를 찾아
아프리카로

다 갖춘 사람은 세상에 없습니다

두려워 울어도 괜찮습니다.
포기하지 않고 조금씩 나아가는 것, 그것만으로
인간은 위대한 존재입니다.

지금으로부터 13년 전인 2003년 어느 늦은 겨울 밤, 텔레비전을 보는데 웬 한국 신부가 아프리카 아이들과 함께 피리 부르고 노래하는 장면이 나왔습니다. 동종 업자(?)가 텔레비전에 나오니 자연히 눈길이 갔습니다. 아프리카 수단의 톤즈라는 작은 마을에서 의료 봉사를 하고 있는 이태석 신부가 그 주인공이었습니다. 텔레비전 속 이태석 신부의 모습을 보고 있노라니 나도 모르게 눈물이 났습니다. 한편으론 같은 신부로서 다 늦은 시간에 출출하다고 야식까지 챙겨먹고 있는 내 모습이 참 한심했습니다.

당시 나는 잠깐이었지만 〈경기천주교신문〉 대표를 맡고 있었습니다. 밤새 한 숨도 못 잔 나는 다음 날 신문에 무작정 광고를 내걸었습니다. '아프리카 수단 이태석 신부에게 성금을'. 그런데 이게 웬일입니까. 그저 작은 보탬이라도 되었으면 좋

겠다는 마음에 시작한 일이었는데, 뜻밖에도 4억 원이라는 큰
성금이 모였습니다.

그런데 이태석 신부에게 연락을 취할 길이 없었습니다. 이
신부가 한국에 있을 때 속해있던 수도원에 물어봤지만 이메일
을 보내면 두 달쯤 지나야 답이 온다는 대답만 들을 수 있었습
니다. 당장 무엇이 가장 요긴하게 쓰일지 알 길이 없으니 참 난
감했습니다.

그때 갑자기 방송에서 본 아이들의 합주 장면이 떠올랐습니
다. 전쟁에서 상처받은 아이들을 치료하는 데 음악만큼 좋은
것이 없다던 이 신부의 말에 힌트를 얻어, 그길로 브라스 밴드
60인조에 해당하는 악기를 구입했습니다. 남은 돈은 의약품
과 현금으로 전하리라 마음먹고, 이태석 신부에게 출발하겠다
는 메일 한 통 달랑 보내고는 바로 비행기를 탔습니다.

몇 군데를 경유한 끝에 일단 경유지인 케냐 나이로비에 도
착했고, 그곳에서 이태석 신부님이 속한 수단 룸벡 교구 주교
님을 만날 수 있었습니다. 일흔여덟 백발의 주교님은 반갑게
우리를 맞아 주셨습니다. 하지만 문제는 그때부터였습니다.
아프리카에서도 제일 오지라는 수단에 어떻게 갈 것이며, 또
한국에서 가져온 악기들을 어떻게 운송할까? 알아보니, 트럭

으로 악기를 옮기는 데 4개월이 걸리고 비용은 900만 원이라고 합니다. 운송회사에 맡기지 않으면 도적 떼에게 털리기 십상이라나요(그런데 어이없게도 그 운송회사를 또 도적 떼가 운영한답니다). 하는 수 없이 짐은 그렇게 옮기기로 했는데, 이제 또 사람이 이동하는 게 문제였습니다. 육로로 쉬지 않고 달리면 4박5일이 걸리는데 그것도 비가 오면 길이 마를 때까지 기다려야 한답니다.

물어물어 알아보니 수단과 케냐의 국경에 있는 로키초키에서 UN이나 국제 원조단체가 사용하는 비행기를 빌려 타는 방법이 있었습니다. 또 이틀을 기다린 끝에 로키초키에 가서 60년 된 구 소련제 전투기를 개조한 6인승 비행기를 빌렸습니다. 렌트비가 1만 2,000달러나 하는 비행기는 계기판 유리가 다 깨져 있었고, 출입구에 달려 있어야 할 문짝이 아예 없었습니다. 그 모양새를 본 순간 타지에서 이렇게 순교를 하나 싶었지요. 함께한 할아버지 주교님은 그런 건 아랑곳없다는 듯 신나게 동승하셨습니다. 닭 여섯 마리, 달걀 스무 판과 함께.

비행기는 끝도 없이 펼쳐진 늪지대를 두 시간여 날았습니다. 마침내 비행기가 하강을 하려는데 아래를 보니 활주로가 없습니다. 악! 하는 순간 비행기는 황토색 완연한 맨땅에 쳇소리를 내며 착륙했습니다. 그렇게 반 죽다 살아나 겨우 내리려는데 주교님이 가만히 있으랍니다. 주교님만 혼자 내려 마중 나온 흑인 신부에게 닭 두 마리, 달걀 몇 판을 건네시고 다시 이륙. 이 짓을 두 번이나 더 하고 드디어 톤즈 상공에 도달했습니다. 하늘 위에서 톤즈를 내려다보니 새까만 군중이 착륙지를 빼곡히 채우고 있습니다. 출발 전에 무작정 보낸 메일이 도착은 한 모양이라는 생각에 눈물이 찔끔 났습니다.

서른 평 남짓한 성당, 인도 신부님 두 분과 이태석 신부가 사는 작은 움막 하나, 그리고 건물이랄 것도 없어 보이는 진료소. 긴 의자가 몇 개 놓인 성당 옆 큰 나무 그늘이 교실이랍니다. 이것이 수단이라는 나라의 작은 마을 톤즈였습니다. 40도가 넘는 무더위에 바람 한 점 없는 날씨였습니다. 가만히 있어도 땀이 비 오듯 쏟아지는데 이태석 신부는 땡볕 아래 분주하게 움직입니다. 뱀에 물려 찾아온 환자를 돌보고, 아이들에게 피리를 가르치고…. 하지만 벅찬 마음에 톤즈를 찾은 나는 움직이기조차 싫어 나무 밑에 퍼져버렸습니다.

그렇게 먼 발치에서 이태석 신부의 모습을 바라보고 있는데, 깡마른 꼬마들이 떼로 몰려와 안기고 목에 올라타고 난리입니다. 평생 목욕 한 번 못하는 아이들에게서 풍기는 냄새가 여간 고역이 아니었지만, 어쩌면 이렇게 천진난만한지…. 첫

날을 그렇게 보내고 다음 날 아침. 조용하던 톤즈 하늘에 비행기 한 대가 요란한 소리를 내며 날아들더니, 푸대자루 몇 개를 떨어뜨리고는 사라졌습니다. 푸대자루에는 껍질을 벗기지 않은 퀴리라는 곡식이 들어 있었습니다.

톤즈 사람들은 이 퀴리로 만든 죽을 먹고 있었습니다. 가마솥에 물을 넣고 푹 끓인 퀴리 죽을 대야 20여 개에 나눠 담아 운동장 곳곳에 두면, 대야 하나에 스무 명쯤 되는 아이들이 달려듭니다. 이것이 아이들이 하루에 딱 한 번 먹는 식사입니다. 이 퀴리 죽을 365일 먹습니다. 아이들은 그나마 한 끼라도 먹지만 어른들은 건기엔 그냥 굶습니다. 몸을 길게 늘어뜨린 채 반수면 상태로 기나긴 건기를 버팁니다. 오랜 내전으로 우물은 파괴되어 맨땅에 고인 물이 앙금이 가라앉을 때를 기다려 물을 마십니다. 이 처참한 모습을 지켜보자니 신이 아프리카를 버린 것이 아닐까 하는 생각이 들었습니다.

해 질 무렵 처음으로 이태석 신부와 단둘이 마주 앉았습니다. 당시까지 애연가였던 나는 품에서 담배를 꺼내 불을 붙였습니다. 지친 하루를 보낸 끝에 입에 문 담배는 참 맛났습니다. 깊이 들이마시고 내쉬기를 몇 번. 그런데 옆에서 지켜보던 이태석 신부가 한 마디 했습니다. "신부님, 그 담배 저도 한 대만 주세요."

순간 적잖이 당황했습니다. 이 신부가 속한 살레시오 수도
원은 청소년을 개도하는 수도원이라 금연이 절대 규칙입니다.
그런데 담배를 달라니. 더구나 세계가 공인한 '범생이' 성자가
아닙니까. 낮 시간에 수많은 사람의 병을 치료하고 아이들을
가르치던 그의 손에 담배를 건네려니 수많은 감정이 교차했습
니다. 하지만 담배를 달라는 그 표정이 워낙 심각해 말릴 수 없
었습니다.

내게 담배를 받아든 그는 어설프게 담배를 잡아 물고는 불
을 붙였습니다. 침묵을 지킨 채 콜록대며 내뿜는 그 담배 연
기 속엔 미처 전하지 못한 많은 말이 숨어 있었습니다. 처음
이태석 신부가 톤즈에 왔을 때 이곳 사람들은 가난과 전쟁에
찌들어 있었습니다. 당장 죽어가는 생명을 살리기 위해 이태
석 신부가 가장 먼저 한 일은 진흙과 대나무로 움막 진료소
를 만드는 것이었습니다. 톤즈에 의사가 있다는 소문이 퍼지
자 환자들이 벌 떼처럼 몰려들었습니다. 하루에 보는 환자가
200~300명. 죽음만 기다리는 한센병 환자들을 돌보는 것도
그의 몫이었습니다. 그러면서 가난의 대물림을 막기 위해 아
이들을 가르치는 학교를 세웠습니다.

담배를 내뿜는 이태석 신부를 바라보면서 이곳에 오기를 잘했다는 생각이 들었습니다. 오는 길이 너무 힘들어 살짝 후회도 했지만, 이 험악한 아프리카의 작은 마을에서 외롭게 고군분투하고 있는 동료 곁에 온 것은 백번 잘한 일이었습니다.

내가 본 이태석 신부는 완벽한 성인이 아니었습니다. 힘들 때 소리 죽여 울고 또 고뇌하는 평범한 인간이었습니다. 위대한 희생과 봉사 뒤에는 매일 밤 사무치는 외로움과 고뇌로 눈물 흘리는 한 인간이 있었습니다. 가난한 집에서 평범하게 태어나 노력 끝에 의대에 들어갔고, 그저 의사로서 조금 더 봉사하는 삶을 살기 위해 성직자의 길을 택했습니다. 신부가 되어 아프리카 선교를 떠나겠다고 마음먹은 것도 두려움과 떨림 속에 어렵게 내린 결단이었습니다. 고국과 이역만리 떨어진 낯선 땅에서 의료봉사를 하며 하루에도 수십 번 되돌아가고 싶다는 생각이 들었지만, 예방접종을 못해 죽어가는 병자들과 배고파 우는 아이들을 차마 외면할 수 없어 흔들리는 마음을 다잡아가며 하루하루를 버텨냈습니다.

"홍 신부님. 너무 힘들어요. 봉사는 견디면 되는데, 이 적막함과 문명과의 이별, 뇌가 정지된 기분…. 힘들고 지칠 땐 가끔 들에 나가서 울고 옵니다."

담배 연기 속에서 들려오던 그의 일성을 지금도 잊을 수 없습니다.

이태석 신부는 5년 후에 암으로 하늘나라에 갔습니다. 한국에 돌아와 암 투병을 하던 그를 여러 차례 만났습니다. 그의 영전 앞에서 하염없이 타오르는 향을 보면서 그가 내뿜던 담배 연기가 생각났습니다.

이태석 신부가 영면한 후 그의 이야기는 〈울지마 톤즈〉라는 다큐멘터리로 제작되었습니다. 그해 방송 상도 받고 영화로도 만들어져 인기를 끌었습니다. 자칫 감춰질 뻔했던 그의 이야기는 이렇게 세상에 알려져 많은 이들의 가슴속에 숭고한 성직자의 모습으로 남았습니다.

그러나 나는 추앙받는 그의 행적보다, 업적 뒤에 숨은 그의 인간적인 모습이 더 기억에 남습니다. 그를 위대하다고만 칭송하면 그는 우리와 아무런 관계가 없는 박제된 위인이 되고 맙니다. 정말 중요한 건 그 역시 우리처럼 주어진 현실을 두려워하는 평범하고 나약한 인간이었다는 사실입니다.

이태석 신부와 담배를 피우면서 새로운 용기를 얻게 되었습니다. 한없이 위대하게만 느껴져 감히 따라갈 수 없는 존재로만 생각했던 그가 실은 나와 똑같이 두려움을 안고 사는 나약한 인간이라는 걸 깨닫는 순간, 나도 어쩌면 지금보다 더 나은 사람이 될 수 있을지 모른다는 생각이 들었습니다. 두려워 울지만 그래도 포기하지 않고 매일매일 노력하면 된다는 것, 처음부터 위대한 사람은 없다는 것. 그것이 이태석 신부가 우리에게 남겨준 소중한 진실입니다.

새벽 5시 기상,
빡센 성직자 생활이
즐거운 이유

진짜 자유는 내가 정한 규율대로 사는 것입니다

남에 의한 타율은 내 삶을 억압하지만
내가 정한 자율은 행복과 자유를 줍니다. 진정한 자유란
규칙 없이 사는 게 아니라 내가 정한 자율을
내 의지대로 지키며 사는 것입니다.

어떻게 하면 신부가 되는지, 또 사제 생활은 어떤지 궁금해하는 사람들이 있습니다. 전통적으로 천주교의 신부 양성 과정은 좀 빡셉니다. 신학교 입학 때부터 사제가 되기까지 생존율(?)이 30~40퍼센트 정도이니, 절반 이상은 중도에 탈락하는 셈입니다. 그도 그럴 것이 일단 외출도 거의 못하고, 학부 4년, 중간에 군대 2년, 대학원 3년, 이렇게 9년을 꼬박 바쳐야 신부가 될 수 있습니다(제 성격에 이 과정을 무사히 마쳤다는 것 자체가 기적입니다).

신학교 일과는 새벽 5시 30분 기숙사에 퍼지는 그레고리안 성가를 들으며 기상하는 것으로 시작됩니다. 세면을 하고 기도복으로 갈아입고 기숙사 안에 있는 성당으로 침묵 중에 걸어갑니다. 다 모이면 아침 기도 40분, 묵상 40분, 이어서 미사 40분, 꼬박 2시간 동안 예식을 치른 뒤 마당으로 나와 간단히

체조를 하고 아침 식사를 합니다. 이때 비로소 전날 저녁기도 후부터 걸려 있던 침묵 규칙이 풀립니다. 아주 잠깐 동안 동료들과 대화하며 식사를 마치면 바로 오전 수업이 시작됩니다. 그 뒤 점심 식사, 잠깐 동안의 참회 묵상, 다시 오후 수업, 저녁 식사까지 마친 뒤 각자 정원을 거닐며 묵주기도를 드립니다. 그리고 아침기도와 비슷하게 하루를 마감하는 기도를 드린 후 각자 방으로 돌아가는데, 그때부터 다음 날 아침 식사까지 침묵을 지켜야 합니다. 이 짓을 365일, 9년 해야 합니다.

신학교에 입학한 뒤 첫 1년을 지낼 때 '내년쯤이면 다 때려치우고 집에 갈지도 모르겠다'는 예감이 살짝 들었습니다. 화장실 갔다가 보던 일도 끊고(?) 나오기가 다반사였고, 소등 시간이 되면 잠이 안 와도 억지로 잠자리에 들어야 했습니다. 그러는 동안 2학년이 되었는데, 때려치울지도 모른다는 내 예감은 다행히 빗나갔습니다. 2학년부터 들었던 철학수업이 꽤나 매력적이어서 규칙이 주는 압박을 잊고 살 수 있었기 때문입니다. 요령도 좀 생겨서 화장실 가서 늦게 오기도 하고, 소등 뒤에 이불 뒤집어쓰고 철학 책 읽다가 다음 날 수업시간에 좀 졸기도 하고, 규칙 안 지킨다고 교수 신부님께 욕도 좀 먹어주면서 살았습니다. '이렇게 살다가 잘리면 장가나 가지 뭐' 하고 맘을 편히 먹으니 숨 쉴 여지가 생기는 듯도 했습니다. 교수 신부님들도 이런 내 기질을 알았는지, 슬쩍 눈감아주는 아량을 베풀기도 하셨습니다. 그런 끝에 기적적으로 사제서품을 받았습니다. 만일 9년간 숨 쉴 여지없이 규칙대로만 살았더라면 중도에 신학교를 박차고 나왔을지 모릅니다.

아무리 내가 요령껏 규율을 피하며 살았다 해도 신학교 생활이 갑갑한 건 사실이었습니다. 신학교에서 생활하는 내내 속으로 외쳤습니다. '신부가 되기만 해 봐라. 한 일주일 동안 잠만 잘 테다!'

실제로 나는 신부가 되고 정말 사제관에 처박혀 잠만 잤습니다. 그것도 일주일이 아닌 한 달씩이나. 9년을 타율 속에 살다가 갑자기 자유가 주어지니 정말 너무 달콤했습니다. 하루 한 번 있는 미사만 마치면 나머지 시간은 내 마음대로 쓸 수 있었습니다. 하루 종일 사제관 안에서 두문불출하는 나를 두고 신자들은 신심 깊은 신부가 밖으로 나오지도 않고 기도를 하나 보다 했을 겁니다. 그러기를 거의 한 달. 그런데 참 신기했습니다. 미사 집전만 겨우 하고 마음껏 게으름을 부리다 보니 슬슬 기도가 하고 싶어지는 겁니다.

9년을 기도만 하며 살 때, 한자리에 앉아 장시간 침묵 속에 기도했다는 뿌듯함은 있었지만 사실 영혼의 울림은 없었습니다. 그러나 내가 하고 싶은 마음에, 즉 자율로 택한 기도는 게으름 피우며 청한 낮잠보다 훨씬 달콤했습니다. 신을 만나는 기도 본래의 목적을 자율 속에 맛보게 된 겁니다.

나를 9년이나 묶어놓은 우리 조직(?)에 대한 복수로 무려 한 달이나 테러를 저질렀지만, 그러면서 깨달았습니다. 똑같은 규칙이어도 타율이 아닌 자율은 내 삶을 억압하는 것이 아니라 오히려 행복과 자유를 준다는 사실을. 똑같은 기도라도 하고 싶을 때 하면 무척 달콤하지만, '신부니까 해야 한다'는 타율에 따른 기도는 스트레스가 될 뿐이라는 걸 체험했지요. 내게 압박을 주는 건 아무리 명예롭고 가치 있는 일이라고 해도 하지 말아야 한다는 것도 어렴풋이 알게 되었습니다.

그 뒤로 나는 직업이나 진로 문제로 힘들어하는 사람들을 볼 때마다 "내 깜냥을 벗어난 일이라고 생각되면 그냥 무시해도 상관없습니다"라고 말합니다. 내 직분 안에서 즐겁게 할 수 있는 걸 찾아 최선을 다하는 것. 내가 이 빡빡한 사제 생활을 즐겁게 할 수 있는 이유가 여기에 있습니다.

버거운 일, 내 능력 밖의 일이라고 생각되면 내 것이 아니니 좀 포기하고 놀아도 됩니다. 즐겁게 살기만도 바쁜 인생 아닙니까? 이렇게 말하면 사람들이 묻습니다.

"나 좋은 것만 하다가 남보다 뒤처지면요?"

"일하지 않는 자 먹지도 말라고 했는데, 놀기만 하는 건 죄 아닌가요?"

걱정도 팔자입니다. 저 좋은 일 찾아 신나게 노력하는 사람과 싫은 걸 억지로 하는 사람의 결과는 불 보듯 뻔합니다. 억지로 해서 잘되는 사람을 저는 아직 못 봤습니다. 남의 시선이나 사회가 정한 룰에 따라 즐겁지 않은 것을 억지로 하다가 망하느니, 처음부터 안 하고 노는 편이 훨씬 행복합니다. 내 안의 자율 의지가 요동치는 그 무언가를 찾을 때까지 말입니다.

다만 하나 주의할 게 있습니다. 무엇이든 스스로 택하되, 내 본능적인 욕구, 그저 편하고 싶은 욕망을 좇지는 말라는 겁니다. 다시 말해, 자율을 1차원적인 안위를 넘어 의미 있게 활용할 줄 알아야 합니다.

어느 시골 마을의 청소년 수련원을 답사한 적이 있습니다. 우리 성당 참가자가 280명이었는데, 업무 담당자가 참가자가 최소 300명이 돼야만 수용이 가능하다며 거절했습니다. 그래서 스무 명분의 비용을 더 지불하겠다고 했더니, 이번에는 종교 단체는 받을 수 없다는 겁니다. 어떤 이유든 허가를 안 하겠다는 속내였습니다. 나중에 이쪽 일을 하는 공무원에게 이런 말도 안 되는 상황을 따졌더니 이런 대답이 돌아왔습니다. "공무원이잖아요! 거기는 일 년에 딱 네 곳만 받아요. 업무보고용으로 딱 좋은 규모죠. 시키지도 않은 일을 더 벌여봤자 민원만 들어오죠. 그냥 잘 아는 학교만 받으면 편하게 임기를 마칠 수 있는데, 뭣하러 성당 아이들을 받겠어요."

동물은 자신을 초월할 힘이 없습니다. 감각과 본능에 의해서만 움직이기 때문입니다. 배고프면 먹고, 때 되면 생식을 하고, 적이 공격하면 도주하고, 추우면 굴을 팝니다. 그저 생명을 지속시키는 행위만 합니다. 하지만 인간은 생명 연장을 넘어 의미를 추구하는 존재입니다. 삶의 의미가 충족되려면 주어진 조건만 따르지 않고 자율을 적극적으로 활용해야 합니다. 즉, 인간은 자기 직분을 자율적으로 누릴 때 비로소 최대치의 행복에 도달할 수 있습니다. 자기 일터에서 일신의 안위를 넘어 자신의 일을 적극적으로 누려야 합니다.

그 공무원은 동물 수준을 넘어서지 못했습니다. 자기 한 몸 편하자고 많은 이들의 즐거움을 모른 척했지요. 그런데 요즘 세상에 이런 사람을 흔히 볼 수 있다는 게 문제입니다. 나 편하자고 자율이 배제된 동물적 선택을 합니다. 그런데 이것이 결국 자기를 편하게 해주지도 않습니다. 왜냐하면 인간은 본능을 넘어 의미를 추구하는 존재이기 때문입니다. 지금은 비록 이 한 몸 불편해도 내 스스로 설정한 의미를 만족 못 시키면 동물처럼 어떤 위기가 닥쳤을 때 초월적 기제를 쓰지 못하고 무방비 상태에서 당하고 맙니다. 그 결과 각종 두려움과 불안 그리고 고통에 시달리게 되지요. 만일 내가 어떤 알 수 없는 불안과 고통에 시달리고 있다면 한번 자문해보십시오. "나는 내 삶을 얼마나 자율적으로 살았는가?"

나는 불안이나 심리적 고통을 느낄 때 마치 온도계로 날씨를 재듯 자율지수를 점검해봅니다. 그러면 반드시 타성에 젖어 행동한 내 모습이 낱낱이 드러납니다. 정해진 봉사를 무미건조하게 마치고 난 다음이면 어김없이 "요 시간만 끝나면 술 한잔 해야지!" 하고 놀 생각만 했던 나 자신을 발견합니다. 동물처럼 맛난 것만 취하고 의미 있는 일을 건성으로 한 대가는 불안과 고통입니다.

반대로 자율적으로 의미 있는 삶을 택했을 때 찾아오는 건 행복과 자유입니다. 인간이 살면서 겪은 대부분의 불안과 고통은 자율적이지 못한 삶에서 비롯됩니다. 지금부터라도 타율에 젖어 편한 것만 추구하던 습관을 싹 다 버리고, 재빨리 자율적인 삶을 찾으십시오.

오늘도 나는 새벽에 일어납니다. 기도를 하고 미사를 드립니다. 사제관에서 업무를 봅니다. 어떻게 보면 딱딱하고 지루할 법한 이 일상이 의미 있고 즐거운 이유는 자율적으로 내가 좋아서 하기 때문입니다. 간혹 하기 싫고 게으름 피우고 싶지만 그건 극복할 수 있습니다. 왜? 자율적으로 의미를 찾는 것이 엄청 맛나다는 사실을 잘 알기 때문입니다.

어느
주교님의
고백

진정한 변화는 열 번의 변명보다 한 번의 고백에서 비롯됩니다

진정한 용기란 자신의 치부를 솔직히 드러내는 것입니다.
나 자신을 있는 그대로 인정할 때
비로소 나를 묶고 있는 족쇄로부터 자유로워집니다.

　　　　　한국 근대사에서 천주교 신부들이 민주
화 투쟁에 앞장섰던 것은 잘 알려진 사실입니다. 1980년 광주
민주화 운동이 대표적이지요. 당시의 일이 거론될 때마다 항
상 화제에 오르는 주교님 한 분이 있습니다.

　당시 광주 교구를 맡았던 그 주교님은 목숨이 위협받는 엄
혹한 상황 속에서도 5·18의 진실을 담은 서신을 서울대교구
장이던 김수환 추기경에게 전했습니다. 또한 서울대교구 등
외부로부터 어렵게 지원금을 받아 오갈 데 없는 부상자들을
보살폈습니다. 이런 노력으로 전국 각 교구에 사건의 진상이
알려지기 시작했고, 시간이 흐를수록 시민들도 진실을 바로
알게 되었습니다. 그 뒤로도 군부로부터 끊임없이 목숨의 위
협을 받았지만, 어떤 상황 속에서도 그분은 소신을 꺾지 않았
습니다. 지금도 아흔이 넘은 나이에도 여전히 사회적 약자들

과 함께하는 삶을 살며, 진정한 용기가 무엇인지에 대해 큰 교훈을 주고 계시지요. 그런데 내가 그분의 삶에서 정말 감동받은 것은 그분의 행적 때문이 아닙니다. 목숨을 걸고 외부에 진실을 전하고 진상 규명에 앞장서기까지 그분께는 차마 고백 못할 인간적인 번뇌가 있었습니다.

5·18 민주화 운동 당시 광주대교구청은 주요 집결지인 금남로에 있었습니다. 특히 교구장 집무실은 금남로가 바로 내려다보이는 건물 중앙에 있었습니다. 그런데 시위대와 이를 진압하려는 계엄군의 추격전이 살벌하게 벌어지던 어느 날, 창밖을 내려다보고 있던 주교님 눈에 계엄군의 곤봉에 곤죽이 되도록 얻어맞고 있는 시민 한 명이 보였습니다. 하지만 주교님은 피가 바닥까지 흐르는 광경을 보면서도 소리조차 지르지 못했습니다. 이후, 또 어느 집 앞에서 머리에 피를 흘리며 쓰러져있는 젊은이를 발견했지만 돕지 못하고 외면하고 말았습니다. 또한 수천 명이 무고하게 잡혀간 것에 대해 시국미사를 드리려고 했지만, 미사 직전에 군인들이 성당을 에워싸고 위협하는 바람에 두려움을 이기지 못하고 결국 미사를 포기했습니다.

이 일은 두고두고 그분을 괴롭혔습니다. 용기가 없어 사람의 목숨을 구하지 못했다는 사실, 사제들의 귀감이 되어야 할 주교로서 외압이 두려워 미사 집전마저 포기했다는 사실이 심한 양심의 가책이 되었습니다.

전통적으로 천주교의 주교는 신부들의 아버지 같은 존재입니다. 사제들과 희로애락을 같이하는 것은 물론, 위기의 순간 귀감이 되어야 하는 의무가 있습니다. 그런데 숨어서 어떤 행동도 취하지 않는 주교님의 모습이 사제들의 눈에 어떻게 비쳤을까요? 광주교구 신부들은 그분을 찾아 따지듯 물었습니다. 신부들의 아버지로서 이 중요한 시기에 어떻게 침묵만 지키고 있느냐고, 무고한 시민들이 쓰러져가고 있는데도 아무 행동도 하지 않는 이유가 무엇이냐고 말입니다.

사제단은 원망과 분노의 눈초리로 주교님의 대답을 기다렸지만, 주교님은 아무 말도 하지 않았습니다. 그렇게 한참의 침묵이 흐른 후 주교님은 드디어 조심스럽게 입을 열었습니다. "미안합니다. 총칼이 난무하는 현장을 보고 너무 두려웠습니다. 용기가 없었던 본인을 용서해주십시오."

천주교 주교에게는 교구 내에서 입법, 사법, 행정의 권한을 다 행사하는 막강한 권력이 있습니다. 그 주교님은 자신을 비난하는 사제들을 자신의 직분으로 얼마든지 내쫓아버렸을 수 있었고, '침묵이야말로 하느님의 뜻을 따르는 신적 행위'라는 말 등으로 자신을 포장할 수도 있었습니다. 그러나 그의 대답은 '두려웠다'는 솔직한 자기 고백이었습니다. 사제들을 이끄는 대주교 입장에서 정말 창피하고 부끄러운 말이었을 겁니다. 하지만 대주교의 숨김없는 고백에 사제단은 그 어떤 대꾸도 하지 못했습니다. 그렇게 한동안 침묵을 지키다가 조용히 해산했습니다.

그 고백 이후 주교님은 비로소 부끄러운 기억을 딛고 5·18의 진상을 밝히는 일에 앞장서게 되었습니다.

나는 그분이 거론될 때마다 그 솔직한 고백이 가장 먼저 떠오릅니다. 그 고백이 없었더라면, 그분의 용기 있는 행적 역시 불가능했을 거라고 감히 짐작해봅니다. 많은 사제들이 그분에게서 등을 돌렸을지도 모르지요. 하지만 자신의 치부마저 드러낸 솔직한 고백이 오히려 많은 이들로 하여금 그분을 추앙하게 했습니다.

어쩌면 세상에서 가장 용기 있는 행위는 자신의 치부를 솔직히 인정하는 것이 아닐까 싶습니다. 솔직히 나 자신을 드러낼 때 비로소 다른 이의 진심을 얻을 수 있고, 나를 묶고 있는 족쇄로부터 자유로울 수 있으니까요.

이렇게 말하는 나 역시 그렇게 용기 있는 사람은 아닙니다. 반평생을 사제로 살면서 감추고 싶은 일이 많았습니다. 그러다가 몇 해 전 사제서품 25주년을 맞으면서 문득 내 삶이 평화롭지 못하다는 생각이 들었습니다. 왜 그런지 지난날들을 찬찬히 들여다보니, 신부라는 체면을 너무 의식한 나머지 거룩한 척, 착한 척하느라 되도 않는 짓을 하던 내 모습이 차례로 떠올랐습니다. 솔직한 것과는 한참이나 떨어진 내 모습을 비로소 발견하게 된 겁니다. 내게 맞지 않은 옷을 입어 불편하기 짝이 없는데, 그런 부자연스러운 모습을 보고 사람들은 그동안 또 얼마나 어색하고 불편했을까요? 스스로 족쇄를 채우고 내 삶을 고립시켰던 셈입니다. 내 삶에 아무 기쁨도 주지 못하는 그놈의 체면이라는 것에 얽매인 동안, 단 한 번도 진정한 평화를 느끼지 못했던 것 같습니다. 겉으로는 드러나지 않았지만 언제 내 모습을 들킬까 싶어 속으로 전전긍긍하는 나날이었습니다.

그래서 요즘 나는 로만 칼라 뒤에 가려진 인간 홍창진을 있는 그대로 사랑하고 드러내는 연습을 하고 있습니다. 좀 못나고 부족한 대로 가감 없이 나를 드러낸 채 사람들 앞에 섭니다. 그런 솔직한 모습에 사람들은 신부로서 위신이 서지 않는다며 걱정을 합니다.

하지만 용기를 내 있는 그대로의 나 자신을 보인 뒤로 사는 게 너무 편하고 즐겁습니다. 이상하게도 나를 보는 사람들의 시선도 '척'하던 때보다 한층 부드럽습니다. 주변에 사람들도 훨씬 많아졌습니다. 누군가의 문제를 들어줄 때면 훈계를 하기보다 먼저 그 마음을 듣게 됩니다. 나도 부족한 인간이라는 걸 인정하게 되면서부터입니다.

하지만 매번 그렇게 나를 솔직하게 드러내는 건 아닙니다. 남에게 인정받고 싶다는 달콤한 유혹에 빠져 부지불식간에 나를 숨기고 '척'하는 나를 발견하곤 합니다. 그런 날이면 어김없이 저녁나절에 마음이 불편합니다. 하지만 그렇다고 자기 비하에 빠지진 않습니다. 내가 채운 '척'하는 족쇄는 내 손으로 풀어버리면 그만이니 말입니다. 족쇄를 채웠다 풀었다 하기를 반복하지만, 그런 내 실수가 오히려 나를 다독이게 합니다. '오늘은 잘 못했으니, 내일은 더 잘하면 되지 뭐' 하면서 말입니다.

많은 사람들이 남의 눈을 의식해 자신을 감추며 삽니다. 그런데 참 우습게도 정작 남들은 그런 내게 관심이 없습니다. 각자 자기 치부 감추기 바쁘기 때문입니다. 생각해보십시오. 나도 내가 남에게 어떻게 비칠지에만 관심을 두지, 정작 이웃의 행동거지는 그다지 기억 못하지 않습니까?

우리 모두는 날 때부터 선량한 존재가 아닙니다. 거짓말하고, 불의를 못 본 척하고, 내 이익을 먼저 챙기는 미약한 생물에 불과합니다. 그것을 받아들이는 것은 부끄럽거나 나약한 것이 아닙니다. 오히려 용기 있는 행동이지요.

용기를 내 나를 솔직하게 인정하는 순간 우리는 더할 나위 없는 해방을 맛보게 됩니다. 내 삶을 구속하는 것이 결국 나 자신이었다는 걸 깨닫게 됩니다. 안 그래도 골치 아픈 세상살이에, 굳이 내가 나를 힘들게 할 필요가 있을지 한번 생각해봤으면 좋겠습니다.

어쩌다
신부가
되었냐고요?

매일 일어나는 작은 우연을 놓치지 마십시오

꿈을 이루려면 무엇이 되겠다는 생각을 머릿속에서 지워야 합니다.
생각보다 행동을 먼저 해야 합니다.
먼저 해보고 그 다음에 생각해도 늦지 않습니다.

내가 신부가 된 건 정말 우연한 일이었습니다. 고등학교 때 성당 친구가 재미있는 모임이 있다길래 따라나선 것이 단초가 되었습니다. 하지만 막상 나가 보니 그 모임은 신부나 수녀가 되려는 학생들이 함께 모여 기도하고 지도 신부님께 미래에 대해 지도를 받는 일종의 코칭 모임이었습니다. 속았다는 생각에 나를 데려간 친구에게 따지니 그 친구는 "초등학교 때 네가 신부가 되겠다고 말한 적이 있다"고 우겨댔습니다(아니, 성당 다니는 아이치고 초등학교 때 신부가 되는 꿈을 안 꿔본 아이가 어디 있습니까?). 알고 보니 지도 신부님으로부터 다음 모임 때 주변에서 신부가 되고 싶어 하는 친구를 한 명씩 데려오라는 미션이 떨어졌고, 그 희생양으로 제가 점지된 거였습니다.

눈치 봐서 얼른 도망가야겠다고 생각하고 있는데 신부님이 내게 "왜 신부가 되려고 하느냐?" 하고 물으셨습니다. 전혀 신부가 되고 싶은 생각이 없던 나는 "친구가 예쁜 누나들 많이 있다길래 그냥 따라왔어요"라고 대답했고(그 말은 사실이었습니다), 신부님은 좀 당황하시다가 "그럼 장래에 뭐가 되고 싶으냐?"고 다시 물으셨습니다. 딱히 하고 싶은 일은 없다고 대답하니, "그러면 한 달 동안 신부가 절대 될 수 없는 이유를 찾아보면 어떻겠느냐"고 제의하셨습니다. 별로 어려운 제의도 아니어서 그러겠다고 대답하고 집으로 돌아왔습니다.

그 뒤로 이 일을 까맣게 잊고 있는데 정말 한 달 뒤에 신부님께 전화가 왔습니다. 어떻게 아셨는지 집 근처까지 오셔서는 잠깐만 만나자고 나를 불러내셨지요. 신부님은 한 달 전 내게 한 제의를 잊지 않고 계셨습니다. 나를 보시더니 "어떻게 좀 고민은 해봤냐?"고 물으셨지요. 솔직히 한 번도 고민 안 했지만 대답은 하나였습니다. "저는 여자와 돈을 너무 좋아해서 신부가 될 수 없어요." 하지만 집까지 찾아오신 신부님을 앞에 두고 차마 그렇게 말할 수가 없어, 대신 이렇게 되물었습니다. "신부님 눈엔 제가 신부 될 놈으로 보이세요?" 신부님 대답은 아주 간결했습니다. "응."

어이없지만, 그렇게 신부님과의 우연한 만남으로 예비 신학생 모임에 나가게 되었고, 우여곡절 끝에 신부가 되었습니다.

가끔 그때 일을 떠올리며 '만일 신부가 되지 않았으면 뭐가 됐을까?' 생각해보곤 합니다. 그 신부님을 만나지 않았더라면 아마 나는 신부가 되지 않았을 겁니다. 물론 신부가 되길 잘했다고 생각하지만, 신부가 되지 않았더라도 행복하게 잘 살 수 있었을 것 같습니다. 그렇다고 다른 인생을 택하지 못해 아쉬운 건 아닙니다. 남들 눈엔 성직자 생활이 갑갑해 보일지 몰라도, 오히려 일반 사람들보다 더 즐겁고 신나게 살고 있습니다.

그 옛날 우연히 사제의 길에 들어선 것처럼, 나는 지금도 내 곁에서 일어나는 작은 우연들을 그냥 흘려보내지 않습니다. 그리고 궁금하거나 하고 싶은 일이 생기면 바로바로 행동에 옮깁니다. 그런 작은 경험들이 또 다른 경험을 불러오고, 결국엔 생각지도 않은 일들을 이루게 합니다. 성직자라는 틀에 갇혀 외길 인생만 고집했더라면 결코 맛볼 수 없는 즐거움입니다.

인생의 즐거움은 이렇듯 예기치 않은 우연에서 찾아온다는 걸 시간이 지날수록 깨닫게 됩니다. 실제로 내 주변에는 우연한 일, 예기치 않은 인연으로 행복해진 분들이 꽤 있습니다.

아는 지인 중 미국 글로벌 기업에서 꽤나 잘나가던 50대 여자 분이 있습니다. 그분은 한창 바쁘게 생활하던 중 몸에 좀 탈이 나 치료차 한국에 잠시 들어오게 되었습니다. 오래간만에 휴가를 얻은 그분은 치료 기간 중에 그동안 다니지 못했던 여행을 다니고 업무와 상관없이 자유롭게 많은 사람들과 만남을 가졌습니다. 한마디로, 계획 없는 나날들의 연속이었지요. 늘 정해진 틀에 갇혀 살던 그분께 한국에서의 시간은 너무 즐거웠습니다.

그러던 차에 우연히 어느 시골 마을에 가게 되었습니다. 마을 풍경은 너무 정겨웠고, 며칠 머무는 동안 소박한 시골 생활이 자신과 잘 맞는다는 걸 알게 되었습니다. 그 작은 경험을 통해 그동안 미국에서 화려한 삶을 살아왔지만 정작 그 속에 자기 자신이 없었다는 걸 깨달은 그분은 미국으로 돌아가지 않고 시골행을 택했습니다. 지금은 그간 해온 직장 경험을 살려, 동네 주민들이 재배한 농산물을 인터넷으로 거래하는 일을 하고 있습니다. 수입이야 전에 비할 것이 못 되지만, 그분은 무척 행복해하고 있습니다. 시골 생활을 한 지 얼마 지나지 않아 일생을 함께할 짝도 만나게 되었지요.

나는 꿈이 없다거나 잘하는 게 없다고 말하는 사람들에게 고민만 하지 말고, 무엇이든 일단 시작하라고 말하곤 합니다.

그리고 일상에서 만나는 작은 경험들을 소중히 하라고 덧붙입니다. 앉아서 고민만 한다고 달라지는 일은 없다고 말입니다.

흔히 목표를 갖고 앞으로 매진해야 한다고들 하는데, 사실 아무리 촘촘히 계획을 세우고 밤낮으로 노력해도 인생이 내 뜻대로 되지는 않습니다. 내 경험으로 보자면 인생의 결과물들은 사실 크고 작은 '우연'이 쌓여 만들어지는 경우가 많습니다.

요행을 바라라는 말이 아닙니다. 꿈과 재능을 바탕으로 노력하는 것도 좋지만, 나를 스쳐 가는 사람들, 예상치 않게 벌어지는 크고 작은 우연들을 놓치지 말라는 겁니다. 우연이 인연이 되고, 그 인연이 미처 생각지 못한 길을 열어줍니다.

나는 지금도 내게 일어날 우연을 기다립니다. 그런 우연이 있기에 다가올 내일이 설렙니다. 생각해보십시오. 혹시 내 생각만 고집하느라 인생의 선물이 될 소중한 우연을 놓치고 있지 않습니까? 어쩌면 열쇠는 생각보다 가까운 곳에 있을지 모릅니다.

신부 세계에도
위계질서가
있습니다

눈치 보는 삶에서 해방되려면 욕심을 버려야 합니다

남 눈치 보지 말고 자기 눈치를 보십시오
남 눈치를 보면 괴롭지만,
내 눈치를 보면 인생이 즐거워집니다.

신부로 27년을 살았습니다. 전반부는 불행했고 후반부는 행복하게 살고 있습니다. 전반부에 불행했던 이유는 남 눈치를 너무 봤기 때문입니다.

내가 막 신부가 되었을 당시 보좌 신부 입장에서 주임 신부는 흔한 말로 '슈퍼 갑'이었습니다. 100여 명의 교구(광역시 단위의 천주교 행정구역) 신부들 사이에서 보좌 신부에 대한 주임 신부의 평가는 절대적이었지요. 그 평가는 주임 신부들 사이에서 늘 회자되었고, 그에 따라 새로 온 보좌 신부가 '똘똘이'가 되기도 하고 '싸가지'가 되기도 했습니다. 한마디로 보좌 신부 생활은 신부 생활의 데뷔전이었지요.

당시 나는 어떻게든 주임 신부님의 눈 밖에 나지 않으려고 최선을 다했습니다. 그러다 보니 주임 신부님의 일거수일투족에 따라 하루에도 수십 번씩 가슴이 오르락내리락 했습니다.

당시 내 하루는 이랬습니다.

신부로서의 업무가 시작되는 6시의 새벽 미사. 초긴장 상태로 30분 전에 성당에 도착합니다. 미사가 시작되기 10분 전쯤까지 모든 준비를 마치면 일단 안심입니다. 무사히 미사가 시작되면, 눈은 기도서와 성격책을 읽고 있지만 마음은 온통 다른 생각으로 차 있습니다. 주임 신부님 평가에서 새벽 미사 부분이 통과되었다는 사실만 중요할 뿐입니다.

여기에 하나 더, 신자들로부터 호평을 받기 위한 작전에 돌입합니다. 목소리에 경건함에 경건함을 넣어 미사를 집전하는 건 기본입니다. 또, 가끔씩 눈을 감고 세상의 온갖 신비를 가슴에 품은 듯한 표정을 짓습니다(신자들이 이런 모습을 보고 나를 신심 높은 신부로 평가해줄 거라 믿고 속으로 흐뭇해합니다).

미사를 무사히 마치고 나면 주임 신부님과의 식사 준비를 합니다. 주임 신부님의 관심사를 미리 알아두었다가, 그와 관련한 정보들을 화제로 올리면 식사 시간이 훌쩍 지나갑니다. 식사 내내 대화에 신경 써야 하니 밥맛이 날 리가 없습니다. 그렇게 식사를 마치고 내 방에 돌아와서야 긴장이 풀립니다. 담배 맛은 이때가 제일 좋습니다. 주임 신부님이 찾으면 잽싸게 달려가야 하지만, 담배를 입에 문 이 짧은 시간이 더할 나위 없이 행복합니다.

주임 신부가 되면 이런 눈치 보는 긴장감에서 해방될 줄 알았습니다. 그러나 막상 주임 신부가 되고 보니 주교님이 또 문제였습니다. 교구에서 절대적인 권력을 지닌 주교님과 돈독한 관계를 유지하는 일은 신부 생활의 행불행을 결정할 만큼 중요합니다. 그래서 주교님이 우리 성당에 방문할 때면 방문일 한 달 전부터 초긴장 상태로 준비 모드에 들어갔습니다. 성가대에게 주교님 방문을 환영하는 특별 무대를 준비하라고 지시하고, 신자들에게는 그날은 한 분도 빠지면 안 된다고 강조했습니다.

그렇게 한 달을 보내고 당일이 되면, 성당 대문 앞에 신자들을 줄 지워 세웠습니다. 화동을 시켜 주교님께 꽃다발을 드리고, 성가대의 화려한 공연(?)을 보여드린 후, 약소하지만 받아달라는 말과 함께 두둑한 선물까지 안겨드렸습니다. 이때도 제일 행복한 순간은 주교님 떠나시고 난 후 담배를 입에 문 시간이었습니다.

그렇게 주교님을 보내고 담배를 입에 문 어느 날, 갑자기 짜증이 솟구쳤습니다. 생각해보니 내게 주어진 자유시간이라고는 고작 담배 피우는 3분뿐이었습니다. 한여름에 오리털 패딩을 걸치고 있어도 이보단 낫겠다는 생각이 들었습니다.

그런데 가만히 돌이켜보니 그렇게 살라고 누가 시킨 것도 아니었습니다. 누가 억지로 입힌 것도 아닌데 왜 나는 나한테 맞지도 않는 옷을 억지로 껴입고 있는 걸까? 이걸 벗으면 얼마나 시원할까? 그런데 나는 왜 이 거추장스럽고 무거운 옷을 벗지 못할까?

한나절쯤을 내 지난날을 떠올리며 생각에 생각을 거듭했습니다. 그리고 비로소 인정하게 됐습니다. 눈치 보는 내 속내에는 사실 '나보다 더 잘난 존재로 인정받고 싶은 욕심'이 있었다는 걸 말입니다. 욕심 때문에 숨 막히는 겨울옷을 못 벗고 있었던 겁니다.

인정받기 위해 내가 한 일은 상대가 원하는 모습대로 나를 조각하는 것이었습니다. 내 원래 모습은 이게 아니지만, 상대가 원하니 이렇게 해야 한다고 스스로 세뇌시키고 있었습니다. 하지만 그 결과 내게 주어진 것이라곤 고작 3분 남짓의 자유였습니다. 행복하려면 남 눈치를 볼 게 아니라, 내 눈치를 살펴야 한다는 걸 몰랐던 겁니다.

'똑똑한 신부가 되고 싶으면 공부 열심히 하면 되고, 착한 신부가 되고 싶으면 열심히 선행하면 되고, 신실한 신부가 되고 싶으면 시간 정해놓고 열심히 기도하면 될 일인데, 뭣하러 남 눈치 보며 괴롭게 살았을까? 그런다고 그네들이 내가 원하는 대로 나를 평가해줄까?'

요즘, 옛날의 나처럼 내 눈치를 살피는 후배 신부들을 보면 온몸이 오그라들어서 못 견딥니다. 그런 후배를 만날 때마다, 부자유스러운 쇼는 상대도 부자유스럽게 만든다는 걸 새삼 깨닫곤 합니다. 그냥 "요 모양 요 꼴이 나다"라고 드러내는 게 나도 편하고 상대도 편하다는 걸 좀 일찍 알았더라면 내 신부 인생 전반부도 행복했을 겁니다.

만일 내가 누구의 눈치를 보고 있다면, 그래서 괴로운 삶을 살고 있다면 그것은 욕심 때문입니다. 남에게 잘 보이고 싶은 욕심이지요.

이제부터라도 남 눈치 말고 자기 눈치 보십시오. 자기 눈치를 본다는 말은 자기가 자기에게 솔직해지고, 자기가 자기를 격려해주는 겁니다. "내가 어때서? 요 모양 요 꼴로 태어난 게 죄인가?", "난 이 모습 이대로 살다 죽으면 돼. 어쩔 건데?" 이렇게 말입니다.

남한테 인정 못 받으면 좀 어떻습니까? 남한테 인정받는 대신 나한테 인정받으면 만사가 즐겁습니다.

사람이 사람을 만나 불편한 건 불행한 일입니다. 그 원인을 내 편에서 먼저 제공해서는 안 됩니다. '내가 누군가를 불편해하는 게 혹시 남 탓이 아니고 내 탓이 아닌가?' 하는 생각을 한 번쯤 해봤으면 합니다. 자기 자신에게 솔직한 사람은 누구를 만나도 크게 불편하지 않기 때문입니다.

요즘 나는 주교님이 방문한다고 해도 별로 긴장하지 않습니다. 동네 이웃 친구가 찾아오는 것과 별반 다름없습니다. 굳이 주교님이 좋아할 화제를 미리 준비하지도 않습니다. 할 말이 없으면 그냥 가만히 있습니다. 그러면 오히려 주교님이 좋은 화제로 질문해옵니다. 그러면 있는 그대로 담백하게 대답해드립니다. 서로 부담 없고 편안합니다. 심지어 요즘은 담배도 피우지 않습니다. 담배 피울 만큼 괴로운 일이 없기 때문입니다.

나를 스쳐 가는 사람들,

예상치 않게 벌어지는 크고 작은 우연들을 놓치지 마세요.

우연이 인연이 되고,

그 인연이 미처 생각지 못한 길을 열어줍니다.

마음 한 구석이 불편하고 불안감이 만성화되어 있다면 내가 정말 정상인지 스스로에게 되물어야 합니다. 겉으로는 정상이지만 마음의 장애가 있지는 않은지 가만히 생각해보십시오. 내가 감추고 절대 드러내고 싶지 않은 것은 무엇일까요? 혹시 당신은 마음속의 장애를 감추고 살고 있지는 않습니까? 만일 감추고 살아왔다면 우리는 장애를 극복하지 못한 마음의 미숙아입니다. 덜 자란 미숙아는 세상살이가 힘겨울 수밖에 없습니다. 우리가 가끔 겪는 우울과 분노가 혹시 여기에서 기인하는 것은 아닐까요?

2장

인생에 정답은 없지만
한 마디 거들자면

당신도
혹시 장애인이
아닙니까?

삶에서 일어나는 대부분의 문제는 열등감 때문입니다

인생을 힘들게 하는 가장 큰 원인은 열등감입니다.
열등감이라는 마음의 장애는 가면 뒤로 우리를 숨게 만듭니다.
그 열등감은 우리 스스로 만들어낸 것입니다.

사제 생활을 시작하면서 장애인 종합센터 일을 맡게 되었습니다. 이들과 함께 지내면서 깨달았습니다. 육체적인 장애는 단순한 불편함일 뿐 삶의 장애가 되지 않는다는 걸, 어쩌면 겉모양이 멀쩡한 우리들이 장애를 안고 사는 건지 모른다는 걸 말입니다.

장애는 대략 세 가지로 구별됩니다. 들을 수 없는 청각 장애와 볼 수 없는 시각 장애, 마지막으로 뇌성마비로 인한 지체 장애를 들 수 있습니다. 장애를 가진 사람들이 다 그렇다고는 할 수 없지만, 내 경험으로 보자면 장애 종류별로 비슷한 행동들을 보입니다.

먼저 청각 장애입니다. 장애인 센터에서 만난 청각 장애를 지닌 한 친구는 늘 큰 헤드폰을 쓰고 다녔습니다. 들리지도 않는데 왜 헤드폰을 쓰고 다니느냐고 물으니, 차들이 경적을 울리면 헤드폰 때문에 못 들었다고 핑계를 대기 위해서라고 합니다. 겉모양새로는 구별이 안 되니 비장애인처럼 보이려고 안간힘을 쓰지요. 이렇듯 청각 장애를 가진 이들 중 상당수가 자신의 장애를 감추기 위해 무진 애를 씁니다.

시각 장애는 이보다 조금 낫습니다. 선글라스로 가려보려고 하지만 지팡이 없이는 다닐 수가 없으니 결국에는 자신의 장애를 노출시킬 수밖에 없습니다. 자존심 때문에 지팡이 없이 다니다가 몇 번 혼쭐이 나면 포기하고 맙니다.

마지막으로 눈여겨봐야 할 사람들은 뇌성마비에 의한 지체 장애인들입니다. 이들은 정신적으로 아무 이상이 없어도 뇌의 지시가 사지로 전달이 안 됩니다. 몸을 내 의지대로 할 수 없을 뿐더러 혀가 움직이지 않아 말 한 마디 하는 데 5분씩 걸립니다. 다른 이의 도움이 없으면 대소변도 가릴 수 없어서, 몸의 치부를 항상 드러내놓고 살아야 합니다.

불편한 것으로 치자면 청각 장애가 가장 경미하고, 다음이 시각 장애, 가장 불편한 것이 지체 장애일 겁니다. 불편한 정도가 클수록 불행할 거라 생각하겠지만, 실상은 반대입니다. 실제로는 지체 장애자의 행복지수가 가장 높고, 청각 장애자의 행복지수가 가장 낮습니다.

청각 장애인들은 조금만 신경 쓰면 장애를 감출 수 있기 때문에 거짓말이 습관이 되어 있습니다. 그저 들리지 않는 것만 감추면 좋은데, 속이는 것이 습관이 되다 보니 쓸데없이 자기 집안을 부풀려 말하거나 직업을 속이는 예도 종종 있습니다. 시각 장애를 가진 사람들도 비슷한데, 두 눈을 가진 사람이 하나도 안 부러울 만큼 돈이 많다고 하거나, 자신을 따르는 이성이 줄을 섰다며 묻지도 않은 말을 먼저 꺼내기도 합니다.

그러나 움직임 자체가 부자연스러운 지체 장애인들은 자신의 장애를 숨길래야 숨길 수 없는 처지에 있습니다. 그래서인지 대체로 첫 대면부터 솔직합니다. 인간적인 고통은 훨씬 더 심할 텐데도, 그 솔직함 때문에 같이 지내보면 오히려 편하고 즐겁습니다.

장애인 센터 일로 인연을 맺은 한 뇌성마비 친구는 내가 열 발자국을 뗄 때 겨우 한 걸음을 떼고, 손이 제대로 움직이지 않아 글을 쓸 때면 종이 한 장에 비뚤배뚤한 글씨를 겨우 두 줄 적을 만큼 장애가 심했습니다. 말도 어눌해 귀 기울여 들어봐야 절반 정도 소통이 가능한 친구였습니다. 이런 장애를 가지고 있었지만 그 친구는 밝고 명랑했습니다. 대인관계에도 자신이 넘쳤습니다. 포부도 당당했습니다. 대학에서 사회복지를 전공하고 있었는데 졸업 후 미국에 가서 공부를 더한 뒤 장애인들을 위해 일하는 복지사가 될 것이며, 기회가 닿는다면 복지 정책을 세우는 일도 하고 싶다고 했습니다. 그 친구를 만날 때면 마음에 잔잔한 감동이 일면서 평화가 찾아들었습니다. 헤어질 때는 벌써부터 다음 만날 때가 기다려졌지요. 평범한 집안에서 나고 자란 그 친구는 다른 유학생들과 마찬가지로 부족한 대로 알뜰살뜰 공부를 마친 끝에 한국에 돌아와 복지사가 되었습니다. 자신의 장애 경험을 살려 한국의 장애인 정책에도 많은 의견을 주고 있습니다.

그 친구를 보며, 장애를 인정하는 순간 장애가 사라진다는 사실을 깨달았습니다. 내 모습을 있는 그대로 받아들이는 순간, 그 안에서 할 수 있는 것들을 찾을 수 있게 되고 그로 인해 자신만의 행복을 찾아갈 수 있다는 것도 알게 되었습니다. 들리지 않는 것, 보이지 않는 것에 집착해 스스로를 감추고 자신의 삶마저 포장하려 드는 경미한 장애인이 어쩌면 정말 중증 장애를 갖고 있는 것인지 모릅니다.

그런 의미에서 보자면 가장 중증의 장애인은 겉만 멀쩡한 우리들이 아닐까 싶습니다. 온갖 마음의 장애를 철저하게 감춘 채 포장된 삶을 살고 있으니 말입니다.

모 언론사 기자인 지인은 출신 대학이 부끄러워 학교 이야기가 나올 때마다 화제를 돌립니다. 기자로서 실적이 남다르고 상사에게 잘 보인 덕에 꽤 높은 자리에 올랐는데, 후배들을 대할 때 유독 학벌을 따집니다. 마음의 장애가 그렇게 표출되는 겁니다.

식품 사업으로 성공한 어느 여성 기업인은 깡 시골 출신입니다. 출신 동네를 부끄럽게 여기는 그녀는 강남이 개발되기 전부터 그곳에 살아 사업 자금을 마련할 수 있었다는 말을 수시로 합니다.

40년 이상 정상의 인기를 누리고 있는 국민가수 J씨는 소년원 출신입니다. 소년원 선생님들이 J씨에게 특강을 요청했습니다. J씨의 특강이 많은 소년원 아이들에게 희망이 될 것이 분명하기 때문입니다. 그러나 J씨는 매년 특강 요청을 거부하고 있습니다.

이렇듯 겉모양새가 멀쩡함을 넘어 화려한 사람들이 알고 보면 장애인이라는 걸 많이 목격합니다. 이런 사람들이 오히려 장애인들을 무시하고 천대합니다. 멀쩡하게 잘 살고 있는 장애인들을 보면서 자신의 치부를 발견하는 것입니다.

하지만 꾸미면 꾸밀수록 행복지수는 바닥입니다. 나를 감추고 꾸밀수록 부끄러움은 심해집니다. 또 사람과 솔직하게 만나기가 어려워집니다. 자신을 너무 높게 올려둔 나머지 나는 못났다는 자괴감과 우울증, 자신을 감추는 데서 오는 불안감 등을 고스란히 안고 살아야 합니다. 신체 장애보다 훨씬 심각한 마음의 장애를 얻은 셈이지요. 그것도 자초해서 말입니다. 얼마나 불편하고 불행한 삶입니까? 그야말로 진짜 장애인의 모습이 아닐까요?

우리 모두는 본디 아무 의미도 부여하지 않은 백지 상태로 태어납니다. 그러다 성장하고 세상과 부딪히면서 저도 모르게 마음 안에 자신이 원하는 형상을 만듭니다. 하지만 현실 속의 내 모습은 그와 일치하지 않습니다. 그 형상은 내 안의 열등감이 만들어낸 허상인 경우가 대부분이기 때문입니다. 그 사실을 인정하지 않고 허상을 키우면 결국 내 삶을 불편하게 만드는 장애가 되고 맙니다. 이 장애를 극복하려면 내 존재가 별것 아님을, 부족한 것이 많은 인간이라는 것을 자각해야 합니다. 열등감이 심한 사람은 이 말에 또 발끈하는데, 이는 스스로를 낮추라는 말이 아닙니다. 그저 허상을 버리라는 말이지요.

부족하면 좀 어떻습니까. 사는 데는 아무 지장 없습니다. 오히려 내가 좀 모자라다는 걸 인정할 때 마음에 평화가 찾아들고 주변에 사람이 모입니다. 세상을 바라보는 눈에도 여유가 생깁니다. 편견 없이 사람을 대할 수 있습니다.

물론 쉽지 않은 일입니다. 마음 하나 바꾸면 될 일이지만, 이 세상은 우리에게 완벽하지 않으면 낙오자가 된다고 위협합니다. 하지만 거기에 맞춰 기를 쓰고 산다한들 행복은 찾아오지 않습니다.

만일 마음 한 구석이 불편하고 불안감이 만성화되어 있다면 내가 정말 정상인지 스스로 되물어야 합니다. 겉으로는 정상이지만 마음의 장애가 있는 건 아닌지 가만히 생각해보십시오. 내가 감추고 절대 드러내고 싶지 않은 것은 무엇일까요? 혹시 당신은 마음속의 장애를 감추고 살고 있지 않습니까? 만일 감추고 살아왔다면 우리는 장애를 극복하지 못한 마음의 미숙아입니다. 덜 자란 미숙아는 세상살이가 힘겨울 수밖에 없습니다. 우리가 가끔 겪는 우울과 분노가 혹시 여기에서 기인하는 것은 아닐까요?

월급 62만 원으로
한 달을 행복하게
사는 법

부자란 돈이 많은 사람이 아니라 더 이상 돈이 필요치 않은 사람입니다

재물이 행복을 가져다준다는 착각이 돈에 대한 애착을 가져옵니다.
그러나 정작 우리에게 지속적인 행복을 주는 건
돈과 그다지 관련 없는 것들입니다.

성경 구절 중에 신자들이 참 안 좋아하는 이야기가 있습니다. 부자 청년에 관한 일화입니다. 어느 부자 청년이 예수를 찾아와 어떻게 하면 영생을 얻을 수 있느냐고 묻습니다(참고로 그 청년은 평소에 선행도 많이 하고 교회가 가르치는 계명도 엄청 잘 지켰습니다). 그 질문에 예수는 "마지막으로 네가 가진 것을 전부 팔아 가난한 이에게 나누어 주라"고 말했습니다. 그 말을 들은 청년은 아무 대꾸도 못하고 시무룩한 표정으로 돌아갔고, 예수는 그 자리에 있던 제자들에게 "부자가 하늘나라에 들어가기보다 낙타가 바늘귀를 빠져나오는 것이 더 쉽다"라고 말했습니다.

현실적으로 보자면 참 갑갑한 이야기입니다. 어릴 적에 이 이야기를 듣고는 참 원망스러웠습니다. 그 부자 청년의 심정이 꼭 내 마음 같았기 때문입니다. 속으로는 '나는 부자가 아니니 하늘나라에 들어갈 수 있겠다' 하는 자조(?) 섞인 생각과, '바늘 귀 못 빠져나와도 좋으니 부자 한번 돼 봤으면 좋겠다' 하는 바람이 교차했습니다.

솔직히 부자 되기 싫은 사람이 어디 있습니까? 나만 해도 신부가 되기 전까지 가장 큰 소원은 부자가 되는 것이었습니다. 하필 어릴 적 옆집에 살던 친구네가 엄청난 부자였는데, 2층 양옥에 연못까지 있는 그 집에 놀러갈 때마다 이런 집에서 하루만 살아보면 원이 없겠다는 생각을 하곤 했습니다. 가죽 냄새가 폴폴 나는 커다란 소파에 몸을 묻고는 기필코 부자가 되고 말겠다는 의지를 다지곤 했지요.

신부가 되고 나서 그 마음은 옅어졌지만, 지금도 돈에 대한 욕심 자체가 나쁘다고는 생각하지 않습니다. 성경 속에서 예수님이 한 말도 무작정 돈 욕심을 버리라고 한 뜻은 아니라고 봅니다. 예수가 묻고 싶었던 건 돈에 대한 그 청년의 마음가짐이었을 겁니다. 가진 것 다 팔아 가난한 사람들에게 줄 수 있겠느냐는 질문은, 베풂을 강조하기에 앞서 재물을 1순위에 두는 한 인생은 자유로울 수 없다는 이치를 깨닫게 하기 위함이 아니었을까요.

돈을 추구하는 자체가 나쁜 건 아닙니다. 다만 돈을 인생 목

표 1순위로 두는 게 문제입니다. 돈은 좇는다고 잡아지는 것도 아닐뿐더러, 설혹 잡았다고 해도 그 자체가 행복과 직결되는 건 아니기 때문입니다.

먼저 돈의 속성을 제대로 좀 알 필요가 있을 것 같습니다. 재테크 전문가는 아니지만, 내가 아는 한 돈은 욕심을 부린다고 얻어지는 것이 아닙니다. 나는 세상에서 노력으로 안 되는 것 중 하나가 '돈'이라고 봅니다.

한 가난한 부부가 돈을 모으기 위해 새벽부터 장사를 하면서 열심히 노력했습니다. 그러나 갓 태어난 아이가 뇌성마비에 걸리는 바람에 돈을 모으기는커녕 병원비 대기에도 허덕이는 나날이 계속 되었습니다. 설상가상으로 남편마저 암에 걸려 그나마 저축해뒀던 쌈짓돈마저 다 써버리고 빚에 허덕이게 되었습니다.

한 청년은 어렵게 대학에 붙었는데 시골 부모님이 소 팔아 마련해준 학비만으로 생활할 수가 없어 학자금을 대출받아 겨우 졸업했습니다. 이제 돈 좀 벌어 자식 노릇 해야겠다고 생각했지만 아무리 애를 써도 취직이 안 돼 3년째 아르바이트만 하고 있습니다.

식당을 운영하며 알뜰살뜰 저축해 겨우 집 한 칸 마련하려다가 사기꾼에게 속아 재산을 몽땅 날리고 망연자실해하는 사람도 봤습니다. 좋은 마음으로 친구 빚보증을 서줬는데, 친구가 망하는 바람에 10년째 대신 변상하는 사람도 만났습니다.

모두 흔히 만날 수 있는 우리 이웃입니다. 이들이 과연 노력을 게을리해서 가난한 걸까요? 잔인하게 들리겠지만, 돈은 결국 '재수'가 번다고 생각합니다. 금수저 물고 나와 평생 임대료만으로 먹고살 수 있는 사람은 재수가 좋은 겁니다. 우연치 않게 땅을 샀는데 땅값이 갑절로 오른 사람도 재수가 좋은 겁니다. 뭘 해도 돈이 붙는 사람은 붙습니다. 반대로 아무리 애써도 돈과는 상관없는 인생을 사는 사람도 있습니다(안타깝지만 그런 사람이 훨씬 많습니다).

운명론을 주장하는 게 아닙니다. 내 의지대로 되지 않는 것에 집착해 아까운 인생을 고통 속에 허비하지 말자는 겁니다. 돈에 대한 애착이 지나치면 인생이 피폐해집니다.

여주 부근 성당에 있을 때 4대 강 개발 덕에 땅값이 평당 10만 원에서 200만 원이 된 곳이 있었습니다. 그때 마침 내 지인과 그 친구 몇이 그곳에 땅이 있었습니다. 지인의 친구들은 이때다 싶어 땅을 팔았지만, 내 지인은 땅값이 더 오르려니 하고 팔지 않았습니다. 땅값은 평당 400만 원까지 올랐고, 땅을 먼저 판 사람들은 자기들끼리 모여 술잔을 기울이며 내 지인을 부러워하고 질투했습니다. 그러던 어느 날 개발 계획이 취소되면서 땅값이 원점으로 돌아갔습니다. 땅을 판 사람들의 술잔은 축배가 되었고 내 지인은 병을 얻어 입원을 하더니 급기야 6개월 만에 세상을 떠났습니다. 불과 1년 사이에 벌어진 일입니다. 재물에 대한 애착 때문에 고통을 당하다 급기야 죽음에 이른 것입니다.

재물이 인생의 모든 즐거움을 가져다 줄 거라는 착각이 돈에 대한 애착에 불을 지핍니다. 이 착각을 착각이라고 아무리 말해도 인정하지 않는 사회적 분위기가 문제이긴 합니다. 그러나 인정하지 않아도 재물은 노력만으로 내 것이 되지 않습니다. 이를 인정하지 않고 끝까지 물고 늘어지는 사람이 많은데, 거기서 발생하는 부작용이 불안과 고통입니다. 이 불안과 고통은 재물에 대한 애착을 내려놓지 않는 한 계속 우리를 괴롭히게 되어 있습니다.

먼저 돈이 내 의지대로 안 된다는 걸 쿨하게 인정하십시오. 또 하나, 부자에 대한 개념을 바꿀 필요가 있습니다. 부자란 돈이 많은 사람이 아니라, 더 이상 돈을 늘릴 필요가 없는 사람입니다. 강남에 수백 억짜리 건물을 가지고 있어도 돈을 더 벌기 위해 애쓴다면 부자가 아닙니다. 내가 가진 것을 굳이 늘리려고 애쓰지 않는 사람이 부자입니다. 즉, 부자는 스스로 자기 삶에 만족할 줄 아는 사람입니다. 그런 의미에서 보자면 저는 부자가 분명합니다.

돈이 많으면 굉장히 좋을 것처럼 생각되지만, 사실 돈으로 100퍼센트 만족하는 삶을 사는 사람은 없습니다. 돈이 많아서가 아니라, 그 돈을 유용하게 씀으로 해서 만족한다는 것이 맞는 말일 겁니다. 이때 유용하게 쓴다는 것은 자신의 일신만을 위해 돈을 쓴다는 말이 아닙니다. 나를 위해 쓰는 돈은 결코 삶을 충족시키지 못합니다. 일시적인 쾌락만 줄 따름이지요.

돈 없이 행복할 수 있느냐고 묻는 사람에게 내 월급 이야기를 합니다. 신부 월급은 한 달에 62만 원입니다. 차비와 밥값 충당하는 것만도 부족할 것 같지만 그 돈으로도 만족하며 잘 살고 있습니다. 심지어 좋은 일 하는 데 나누기도 합니다. 신기하게도 나 아닌 다른 사람을 위한 일을 하겠다고 하면 여기저기서 함께하자는 사람이 생겨납니다. 나 좋자고 시작한 일은 아닌데, 결과적으로 내 기분이 좋습니다. 내 걸 내놓는 데 익숙하다 보니, 남에게 부탁하기도 별로 어렵지 않습니다. 돈은 필요한 자리에 가 있을 때 가장 좋다는 생각이 그런 태도를 만든 것 같습니다.

또 하나, 62만 원이 부족하지 않다고 느낄 수 있는 건 돈으로 살 수 없는 것에 대한 분명한 확신이 있기 때문입니다. 흔히 돈만 있으면 모든 문제가 쉽게 해결된다고 생각합니다. 쉽게 해결되는 지점이 분명 있지만, 전부는 아닙니다. 오히려 돈으로 해결하면 안 될 걸 돈으로 해결해서 불행해집니다.

이스라엘의 한 어린이집에서는 아이를 늦게 데리러 오는 부모들이 많아 벌금제도를 도입했다고 합니다. 하지만, 아이를 늦게 데리러 오는 부모의 수는 오히려 늘어났습니다. 벌금제도가 도입되는 바람에 아이를 늦게 데리러 올 때 느꼈던 죄책감이 줄어든 탓입니다. 오히려 돈을 내고 누릴 수 있는 서비스로 변질된 것이지요. 결과적으로 보자면, 돈으로 말미암아 부모와 자식이 함께할 소중한 저녁시간이 사라진 셈입니다. 돈에 대한 집착은 평범한 사람들의 가치관을 바꾸고 삶을 삭막하게 만듭니다.

나도 돈이 참 좋습니다. 어쩌다 공돈이라도 생기면 한 며칠 배가 두둑해집니다. 요걸로 좋은 등산 장비 하나 마련했으면 좋겠다는 유혹도 없지 않습니다. 그럴 때 좀 어려운 이웃을 만나면 갈등도 합니다. 그런데 경험상 백이면 백 나 좋자고 쓴 것은 기쁨이 그때뿐, 시간이 지나면 그냥 잊어버리게 됩니다. 반대로 '이건 처음부터 내 게 아니다' 하고 떠나보낸 돈은 집 떠나 성공한 자식처럼 말할 수 없는 기쁨이 되어 돌아옵니다.

이렇게 살면서도 아직 굶은 일 없고 벌거벗고 다니지도 않습니다. 부처님이든 예수님이든, 재물에 대한 애착을 내려놓은 사람을 굶기거나 헐벗게 하지 않는다고 했는데, 그 말이 맞는 것 같습니다. 다만 우리가 그것을 못 미더워할 뿐이지요.

돈이 좀 넉넉하면 참 좋겠지만, 어쩌겠습니까? 없으면 없는 대로 살아야지요. 이왕 내 팔자가 이렇다면 주어진 만큼 감사하고 만족하며 사는 게 훨씬 현명하지 않을까요? 조금 더 용기를 내 베풀며 산다면 더 좋고 말입니다.

노력해도 안 되는 것에 집착하며 평생 불안과 고통 속에 사는 것은 삼류 인생입니다.

세상 모든 부부에게
전하는
신부님의 주례사

결혼의 비극은 한배를 탔다는 착각에서 비롯됩니다

결혼은 한배를 탄 것이 아니라 함께 갈 배 한 척이 내 곁에 온 것뿐입니다.
상대가 변하지 않고, 변할 생각도 없다는 것을 받아들이는 순간
원망과 분노로부터 벗어날 수 있습니다.

신부로 살면서 결혼을 시킨 커플만 수십 쌍입니다. 혼배성사 날짜가 잡히면 식전에 신랑을 불러 슬쩍 물어봅니다. "왜 이 여자랑 결혼할 생각을 했습니까?" 대부분 "잘은 모르겠는데 결혼은 이 여자랑 해야 한다는 감이 오더라고요" 하고 대답합니다. 신부에게도 따로 물어봅니다. "왜 하필 이 남자입니까?" 이런저런 대답이 나오지만 공통적으로 "다른 건 모르겠는데, 저한테 잘해줘요"라는 말이 나옵니다.

그럴 때 속으로 '결혼하고 조만간 찾아오겠구나' 생각합니다. 그 뒤 아니나 다를까 얼마 지나지 않아 십중팔구 못 살겠다며 찾아옵니다. 주례할 때 AS를 보증한 것도 아닌데 말입니다.

"이 여자가 미쳤나 봐요. 집안일은 하나도 안 하고 친구만 만나러 다녀요."

"매일 회사로 데리러 오던 남편이 요새는 전화도 잘 안 받아요."

"결혼 전이랑 너무 달라요. 뭐든 다 해줄 것처럼 굴더니, 사사건건 간섭만 해요."

해결될 문제라면 좋겠지만, 안타깝게도 결혼은 AS가 불가능합니다. 사람이란 애초에 고장 난 물건이기 때문입니다. 애초에 하자가 있었으니 되돌려놔 봐야 고물입니다. 고칠래야 고칠 수 없다는 걸 모르고, 어떻게든 바꿔보겠다고 아우성이니 답답할 노릇입니다.

착각해서 결혼을 하고 망각해서 재혼을 합니다. 좀 부실해도 고쳐 쓰면 될 거라는 착각 때문에 결혼하고, 결코 고칠 수 없다는 사실을 망각해서 재혼을 합니다. 결혼하지 말라는 말이 아닙니다. 이혼하라는 말은 더더욱 아닙니다. 최소한 그놈 때문에, 그녀 때문에 내 삶이 망가졌다고 생각하지는 말라는 겁니다.

결혼해서 한집에 살게 되었지만 여전히 인생은 각자 살아야 합니다. 그걸 알고 자기주도적으로 인생을 사는 사람은 결혼해서 사는 게 좀 힘들더라도 배우자 탓을 하지 않습니다. 결혼 역시 자기 선택으로 결정한 일이라는 걸 인정하기 때문입니다. 상대가 애걸복걸해 마지못해 결혼했다는 사람도 있지만, 그 애걸복걸을 들어준 것은 결국 자신 아닙니까? 그를 선택한 것이 나이니, 그와 함께 사는 것도 내 몫입니다.

물론 속된 말로 '사기 결혼'을 당해 도저히 살 수 없는 경우도 있습니다. 하지만 대부분 결혼 생활의 문제는 배우자에게서 비롯되는 게 아니라, 배우자에게 무언가를 바라는 내 마음에서 비롯됩니다. 상대로 인해 이익을 보려는 마음, 상대를 내 마음대로 조종하려는 생각 때문에 힘든 겁니다. 나를 중심으로 상대를 바꾸려는 욕심을 버리지 않는 한, 결혼 생활은 불행할 수밖에 없습니다.

사람은 살면서 여러 사람과 인연을 맺습니다. 그중에 결혼의 인연이 제일 중요합니다. 그러니 결혼을 한배 탄 것에 비유하겠지요. 하지만 결혼은 한배를 탄 것이 아니라 함께 갈 배 한 척이 내 곁에 온 것뿐입니다. 그럴 거면 뭣하러 결혼하냐고요? 그렇게 생각해선 안 됩니다. 망망대해를 홀로 헤쳐가야 하는 외로운 인생에서 같은 곳을 향할 이웃 배가 옆에 있다는 것만으로 감사해야 할 일입니다. 거친 풍랑을 만나 생사의 갈림길에 섰을 때 이웃 배가 옆에 있다면 위로가 되지 않겠습니까? 결혼이 딱 그렇습니다. 배우자를 그저 옆에 있는 배이려니 하면 훨씬 편하게 살 수 있습니다.

그렇게 생각하면 상대에게 뭔가 바라는 것 자체가 욕심입니다. 기대와 욕심이 채워지지 않아 힘들어해봤자 자기만 손해지 변하는 건 없습니다. 반대로 기대와 욕심을 버리면 상대방이 해주는 아주 작은 것에도 고맙고 정이 생겨납니다. 죽도록 사랑해야 하고, 너 아니면 죽는다는 식의 환상과 기대를 갖기 때문에 불행한 겁니다.

　신부로 살면서 제일 힘들 때가 몸살이 지독하게 걸려 걸어 다니지도 못할 때입니다. 화장실도 겨우 기어가고, 배가 고픈데 챙겨줄 사람이 없어 먹다 남은 식은 밥을 먹노라면 참 서럽고 쓸쓸합니다. 이럴 땐 눈 먼 딸이라도 옆에 있었으면 좋겠다는 생각이 듭니다.

　결혼에 대해 너무 기대하지 마십시오. 결혼을 담보로 상대방을 리뉴얼할 생각도 하지 마십시오. 하다 못해 몸 아플 때 투정이라도 부릴 사람이 곁에 있지 않습니까?

　이렇게 얘기해 놓고 나니 결혼 생활을 마치 수행자의 삶처럼 받아들이는 분도 있을 것 같습니다. 그런 분들에게 배우자와 가깝게 지낼 수 있는 말 한마디를 가르쳐드리겠습니다.

　"나 요즘 왜 이렇게 힘들지?"

　별것 아닌 말이지만, 어설픈 훈계 혹은 위로보다는 자신을 솔직하게 드러내는 말이 오히려 상대방의 마음을 움직입니다.

비장하게 공격 태세에 들어가 있다가도 말 한마디에 빗장을 풀게 되는 게 사람 심리입니다. 상대방을 변화시키지는 못하지만, 이렇게 내 속내를 솔직히 드러내는 말을 전하다 보면 스스로 정화되고 싸울 일도 줄어듭니다. 죽을 만큼 행복할 거라고는 말 못하지만, 적어도 남은 날을 쓸 데 없는 감정소모로 망칠 염려는 없을 겁니다.

미래가
불안한
당신에게

혼자 있기보다 사람들 속에 있어야 기회가 찾아옵니다

미래를 열어줄 열쇠는 생각보다 가까운 곳에 있을지 모릅니다.
내 안으로만 향했던 시선을 거두고 밖을 둘러보십시오.
지친 손을 잡아줄 소중한 인연이 당신 곁에 있습니다.

'신부님, 회사에 사표 냈어요. 당분간 쉬면서 생각 좀 하려고요. 일간 찾아뵐게요.'

얼마 전 받은 문자메시지입니다. 젊은 친구들과의 만남이 많아서인지 평소 이런 문자를 자주 받게 됩니다. 대부분 이직을 정하지 않고 무작정 내린 결론입니다. 먹고살 대비책을 세워두지도 않고 일단 사표부터 냈으니 그 마음이 얼마나 불안할까요?

하지만 다행히 일자리를 찾았다고 해도 이전보다 행복한 경우는 그리 많지 않습니다. 경제 성장이 침체기에 든 이래 일자리 자체가 크게 줄었고, 자연히 개인의 업무량은 늘었습니다. 눈앞의 일을 해치우느라 몸은 피곤해 죽겠는데, 권고사직이니 명예퇴직이니 하는 무시무시한 말 때문에 마음 편히 쉬지도 못합니다.

그래서 아예 국가고시 등 다른 길을 준비하는 사람들도 있습니다. 소위 의전, 약전, 법전 준비생들입니다. 전공을 바꿔 대학과정을 더 밟아 전문직을 갖겠다고 결심한 겁니다. 내가 아는 사람은 멀쩡히 잘 다니던 대기업을 때려치우고 고시원에 들어갔습니다. 시간이 아무리 걸려도 평생직장을 갖겠다는 그 노력이 가상하긴 하지만, 내 눈에는 미래를 향한 멋진 도약으로 보이지 않습니다. 입으로는 희망을 말하지만 눈빛이나 행동에는 괴로운 심정이 그대로 드러나 있습니다.

직장을 그만두는 사람들도, 괴로운 도전을 하는 사람들도 사실은 어쩔 수 없는 선택입니다. 양질의 자리는 점점 희박해지고 경쟁은 치열해져가는 세상이 너무 두렵습니다. 가진 재주를 다 모아 열심히 노력한다고 해서 미래가 보장될 리 없습니다. 무서운 경쟁을 뚫어야 한다는 강박 관념은 가뜩이나 복잡한 마음을 더 짓누릅니다.

미래가 불안하지 않은 사람은 없습니다. 설혹 지금의 삶에 만족하더라도, 10년 뒤 내 삶이 어떠하리라 단언할 수 있는 사람은 아무도 없습니다. 의학의 발달로 평균 수명이 100세까지 된 마당에 미래가 불안하다는 건 인생 자체가 불안하다는 것과 다르지 않습니다(평균 수명 100세라는 게 과연 축복일지 의문입니다).

그런데 하나 묻고 싶은 게 있습니다. 미래에 내가 어떻게, 무슨 일을 하며 살아갈지 결정짓는 데 가장 크게 작용하는 요소가 뭘까요? 여러 가지 대답이 있을 수 있습니다. 기본적인 실력도 있어야 하고, 학벌이 뒷받침되면 더 좋을 거고, 인내심이나 도전의식 등 품성도 갖출 수 있다면 금상첨화이겠지요. 하지만 나는 다른 그 무엇보다 중요한 것이 인연이라고 생각합니다.

언젠가 고시 준비를 5년째 하는 친구가 찾아왔습니다. 공부를 시작한 뒤로 두문불출하며 소식조차 전하지 않던 친구인데, 한두 해도 아니고 5년이나 혼자 씨름하다 보니 너무 불안했던 겁니다. 이번에 또 안 되면 어떻게 할까 생각이 들 때마다 너무 끔찍했다고 했습니다. 이번에 떨어지면 취직을 하겠다고 하더군요. 하지만 학교 다닐 때 자기보다 훨씬 못하다고 생각했던 친구들은 이미 큰 회사에 잘 자리 잡고 있는데, 자기는 신입사원부터 시작해야 하니 암울하다고 했습니다. 아니, 솔직히 회사가 자기를 받아나 줄까 싶다고 했습니다.

그동안 고민이 눈덩이처럼 불어나 잠을 자지 못할 지경에 이르자, 하소연이라도 해야겠다는 마음으로 나를 찾은 겁니다.

나는 그 친구에게 당장 짐을 싸라고 했습니다. 지인들과 히

말라야 트레킹을 계획하고 있으니 함께 가자고 했지요.

고시원에서 공부만 하던 친구에게 얼떨결에 따라 나선 보름 간의 고산 등정은 보통 힘든 일이 아니었을 겁니다. 그러나 고된 여행은 그에게 큰 깨달음을 주었습니다. 물론 산이 준 감동도 있었겠지만 함께한 일행들의 살아온 이야기를 들으면서 자신의 모습을 비로소 바로 보게 된 것이지요. 한눈 한 번 안 팔고 열심히 노력해왔다고는 하지만, 정작 그 시간 동안 스스로 고립돼 남의 말은 무시하고 세상에 대해 원망과 분노만 키워왔다는 것을 그제야 깨닫게 되었습니다.

첫날엔 일행에서 한 걸음 떨어져 산 오르기에만 바빴던 그 친구는 하루 이틀 지나면서 일행 중 그 누구의 말도 허투루 듣지 않게 되었습니다. 사소한 농담 하나도 마음을 열고 경청했지요. 이윽고 마지막 날 모닥불에 앞에 앉아 이런저런 얘기를 나누던 가운데 일행 중 한 분이 그 친구에게 말했습니다.

"야!, 고시 때려치우고 우리 회사 와라. 내가 밥 먹여 줄게."

그분에게도 놀랐지만 그분 말을 들은 이 친구의 반응에 더 놀랐습니다.

"정말 저를 받아주시게요? 당장 출근하겠습니다."

5년이란 시간 동안 공부만 할 만큼 요지부동이던 의지가 그렇게 한순간에 꺾이나 싶었습니다. 하지만 그것은 순간적인 판단이 아니었습니다.

"저분처럼 되고 싶다는 생각이 들었어요."

훗날 그가 내게 한 말입니다. 그 친구를 고용한 분은 양말 공장 직공으로 시작해 지금은 자기 사업체를 운영하고 있습니다. 가난한 집에서 태어나 학교도 제대로 마치지 못했지만, 열심히 일해 흘린 땀이 가장 큰 재능이라는 믿음 하나로 이제는 미국의 대형마트에 납품까지 할 만큼 자수성가한 분이지요.

그런데 여행 내내 그 친구에겐 그 사장님의 모습이 너무 좋아보였습니다. 사장이니 허세를 부릴 법도 한데 오히려 남보다 먼저 일찍 일어나 일행을 챙기는 모습이 처음엔 의아했더랍니다. 하지만 식사 때 남들 한 수저 더 먹이고, 일행들의 투정 한 마디 한 마디 다 받아주고, 생전 처음 보는 자기까지 챙기는 모습을 보며 그것이 진심이라는 걸 알게 되었습니다. 그런 분이 한 제안이었기에 그 친구는 진심으로 받아들였고, 일보다 사람을 쫓겠다고 마음먹게 된 것이지요.

그 친구는 여행에서 돌아오는 길로 고시원을 나와 그 회사에서 새 출발을 했습니다. 공부만 하던 친구가 뭘 할까 싶어 걱정했는데, 그 친구는 썩 일을 잘 해냈습니다. 사장님을 도와 외국에 새 시장을 개척하는 등 자기도 깨닫지 못한 재능을 꽃피우며 웃음을 되찾았지요.

지금도 많은 젊은 친구들이 미래의 삶을 의논하러 나를 찾아옵니다. 그럴 때 나는 내 주변 사람 중에 그 친구의 꿈과 엇비슷한 직업군에 있는 사람들을 만나게 합니다. 아니 꼭 꿈과 관련 없어도 위로를 주고 본이 될 만한 사람들에게 연락해 서로 어울리게 합니다. 거창한 모임이 아니라 그저 산에 오르거나 자전거를 탈 때 놀러 오라고 하지요.

안타까운 건 젊을수록 그런 자리를 외면한다는 겁니다. 바쁘다는 핑계로요. 학원에 가야 하고, 스터디에도 가야 하고, 시험 준비도 해야 한답니다. 가뜩이나 피곤한데, 그 시간에 잠이라도 한 숨 더 자겠다는 마음도 보입니다. 좋은 인연 날아가는 소리가 귓전에 들리지만, 싫다는 사람을 억지로 끌어다 앉힐 수는 없는 노릇입니다. 그저 하던 대로 이 직장 저 직장 기웃대며 고민하는 걸 지켜볼 밖에요.

지나고 보니 내가 주선한 세대 간 통합 모임에 꾸준히 나왔던 친구들은 거의 자리를 잡아 열심히 잘 사는 반면, 저 하던 대로 고립돼 살던 친구들은 같은 고민에 허우적대고 있습니다.

먹고사는 일이 녹록지 않은 시대이지만 이웃과 담을 쌓은 채 혼자 고민하지 말았으면 좋겠습니다. 가끔 산행 모임도 나가고, 종교 활동도 하고, 연애도 하면서 일상적인 인연들을 계속 키우며 살았으면 좋겠습니다.

　나는 아직까지 혼자 노력해 성공했다는 사람을 만나지 못했습니다. 노력이 중요하지 않다는 건 아닙니다. 어떤 형태로든 노력은 미래의 씨앗이 됩니다. 그러나 그 씨앗이 제대로 싹을 틔우려면 좋은 토양과 햇볕이 필요합니다. 인연이 바로 그 역할을 합니다. 그리고 어쩌면 그 인연은 생각보다 가까운 곳에 있을지도 모릅니다. 이를 모르고 오로지 자기 힘만 믿고 미래를 개척하려드는 건 어찌 보면 미련한 짓입니다. 인연이라는 절반의 기회를 그냥 내다버리는 것이기 때문입니다.

　노력도 좋지만 생각보다 따뜻한 인연이 당신을 기다리고 있다는 것도 잊으면 안 됩니다. 아직 당신은 그 인연을 만나지 못한 건지도 모릅니다.

제대로
화내는
법

사랑할수록 분노를 드러내야 합니다

화를 내지 않는 건 상대방에 대한 배려가 아닙니다.
화를 내는 것을 두려워하지 마십시오.
신뢰 있는 관계를 맺으려면 마음 안의 분노를 드러내야 합니다.

살다 보면 화낼 일이 참 많습니다. 애 어른 할 것 없이 하루에도 몇 번씩 '욱' 하는 감정을 억누릅니다. 오죽하면 '화를 다스리는 법'에 대한 책만도 수십 권일까요. 하지만 화는 참는다고 참아지지 않습니다. 참아서 참아지는 거였으면, 세상사람 모두 성인군자가 되지 않았겠습니까? 어디 산에라도 들어가 혼자 살지 않는 한, 세상을 살면서 화 낼 일 없기를 바라는 건 어불성설입니다.

문제는 '화'라는 감정에 대한 우리의 태도입니다. 이상하게 우리는 화가 나면 일단은 참아야 한다고 생각합니다. 화는 나쁜 것, 표현하지 말아야 하는 것이라는 잠재의식이 뿌리 깊게 박혀 있습니다. 하지만 밑도 끝도 없이 참으려는 태도 때문에 주변 사람들과의 관계는 더 나빠지고, 계속해서 문제가 일어납니다. 평소에 화를 잘 풀지 못해 술에 의존하거나 쇼핑, 폭식

등의 부작용으로 힘겨워하는 사람들을 참 많이 봤습니다.

나는 화가 나면 그냥 화를 내버립니다. 특히 자기만 생각하고 이웃에게 폐를 끼치거나 상처를 주는 걸 보면 주저 없이 성질을 냅니다.

한번은 신자 중 한 분이 작은 분식집을 개업한다고 해서 축성을 하러 갔습니다. 사업에 크게 실패해 한동안 좌절해 있다가 다시 살아보겠다고 어렵게 빚을 내 가게를 차린 거였습니다. 축성이 끝나고 모인 사람들 모두 덕담을 전하고 있는데 어떤 사람이 "망한 와중에 이거라도 할 수 있으니 얼마나 감사합니까? 감사하다고 주님께 기도하세요" 하는 겁니다. 나는 바로 그 사람에게 "오늘 여기서 먹은 음식 값 형제님이 다 내세요!"라고 했습니다. 그러자 "개업 집에서 음식 대접하는 게 당연한데 왜 제가 돈을 냅니까?" 하는 겁니다. 참지 못해 이렇게 쏘아 붙였습니다. "싸가지 값 내시라고요. 사업 실패로 정신적으로 힘든 사람에게 하느님까지 팔아가며 한다는 위로가 기껏이 처지를 감사하라는 말입니까?"

밥집에 왔으면 밥 팔아 주는 것이 예의지 무슨 축복의 말이랍시고 남의 상처를 한 번 더 긁는답니까. 더구나 가까운 이웃의 개업식에 와서 공짜 밥이나 얻어먹겠다는 심보라니요. 결국 나는 그 사람에게 기어코 밥값을 내게 했습니다.

그 일로 사나운 신부라는 후문을 듣고 있지만 별로 후회하지 않습니다. 그런 모습 보고 집에 들어와 "주님 저 싸가지를 용서하십시오" 하고 기도할 자신이 없기 때문입니다. 만일 억지로 그렇게 기도했더라면 진즉에 화병에 걸렸을 겁니다.

화는 꼭 참아야 하는 감정이 아닙니다. 경우에 따라서는 꼭 내야 하는 화도 있습니다. 특히 '정의로운 화'는 그렇습니다. 이때 언성을 높이지 않고 해학을 섞어가며 멋지게 한마디 찌를 수 있다면 좋겠지만 급하면 그냥 내질러도 괜찮습니다.

또 하나 하고 싶은 말은 분노는 진실한 인간관계를 위해 꼭 필요하다는 겁니다. 상대방과 친해질수록 서로 개방하는 자세가 필요합니다. 때때로 화난 감정조차 서로 드러낼 수 있어야 합니다. 하지만 대부분 그냥 참습니다. 상대방에게 상처가 될 거라 생각하기 때문입니다.

물론 어느 정도 상처가 있을 수 있습니다. 하지만 이는 성숙한 관계를 맺기 위한 당연한 이치입니다. 상대에게 모욕적이지 않은 화는 순간적으로 상처를 줄 수 있지만, 정말 친밀한 관계를 위해서는 불가피합니다. 화내는 걸 두려워하지 마십시오. 화를 내야 할 일에 화를 내지 않는 것은 상대에 대한 배려 때문이 아니라, 상대로부터 화가 되돌아올지도 모른다는 두려움 때문입니다. 하지만 상대의 화를 두려워한다면 결국 상대에 의해 조종되거나 끌려다니게 됩니다.

그런데 조심해야 할 화가 있습니다. 내 안에 들어찬 짜증 때문에 내는 화는 좋지 않습니다. 화를 낸 당사자는 '상대' 때문이라고 말하지만, 사실 마음 저 깊이까지 들여다보면 그런 화는 '나' 때문에 생긴 화입니다. 나도 모르게 내 안에 깊이 자리 잡은 짜증이 갑자기 툭 터져 나오는 겁니다.

어느 집에서 집들이 잔치가 열렸습니다. 남편이 아내를 돕겠다고 찌개를 나르다가 그만 엎지르고 말았습니다. 그러자 아내가 "누가 도와 달래? 저 사고뭉치는 제대로 하는 일이 하나도 없다니까!" 하며 윽박을 질렀습니다. 그 말을 들은 남편은 한 술 더 떠 손님들이 있는 자리에서 음식들을 들러 엎고는 그대로 집을 나가버렸습니다. 식사 자리는 순식간에 어색해져버렸고, 손님들은 음식을 먹는 둥 마는 둥 하다가 자리를 뜨고 말았지요. 부부는 한 달 넘게 말 한 마디 않고 살았습니다.

음식 한번 엎은 게 무슨 대수라고 아내는 자기를 돕다 실수한 남편에게 그렇게 화를 냈을까요? 또 아내가 언성을 좀 높였다고 손님까지 있는 마당에 자리를 박차고 나가버린 남편의 마음은 뭘까요?

두 사람 모두 마음 안의 짜증이 곪을 대로 곪아 있었던 겁니다. 아내의 경우, 평소 사랑받고 있다는 느낌을 충분히 받았더라면 실수를 저지른 남편에게 그렇게 심한 말을 퍼붓지는 않았을 겁니다. 남편도 마찬가지입니다. 부인에게 이해받고 있다는 느낌을 충분히 받고 있었더라면, 설령 조금 심한 말을 들었더라도 유머 있게 대처할 수 있었을 겁니다.

만일 자신이 어떤 일에 과도하게 화를 내고 있다면 내가 너무 외로운 건 아닌지 생각해볼 필요가 있습니다. 아무도 인정해주지 않고 사랑받지 못하고 있다고 느낄 때 사람은 짜증이 나고, 그 짜증은 엉뚱한 곳에서 폭발하게 마련입니다. 성서에서 처음 거론된 살인은 형 카인이 동생 아벨을 살해한 것이었습니다. 신의 총애를 받는 동생을 질투했던 카인은, 사랑받지 못한다는 불행감 때문에 하나뿐인 동생을 죽였습니다. 사랑받지 못한다는 불행감은 스스로를 고립시키고 타인에 대한 연민을 잃게 하며 급기야 불신감과 증오를 불러일으킵니다.

이렇게 내 안에 들어찬 고독, 사랑받지 못하는 데서 비롯된 화는 상대방은 물론이거니와 본인에게 상처가 됩니다. 이 상처는 시간이 지나도 기억에 남아 문득문득 스스로를 괴롭힙니다. 더 미치고 환장할 일은 내가 화를 낸 상대는 그 일을 전혀 기억 못한 채 유유자적한다는 것입니다. 그래서 이런 화는 처음부터 내지 않는 게 좋고, 혹여 폭발했다면 빨리 푸는 게 상책입니다.

여기에는 근본적인 자기 성찰이 필요합니다만, 그리 복잡하게 생각할 필요는 없습니다. 스스로 한번 물어보십시오. "내가 요새 좀 외롭나?" 좀 서글프고, 사는 게 버겁기도 하고, 내 마음을 알아주는 사람도 없는 것 같고…. 그렇다면 관리가 좀 필요하다는 신호입니다. 내 안에 사랑이 부족하다는 신호이지요. 사랑을 주고받는 느낌이 부족할 때 나도 모르게 고독감이 늘고, 이는 엉뚱한 곳에서 분노로 폭발합니다. 특히 가족이나 친구 등 가까운 사람에게 폭발하는 예가 많습니다.

그러지 않으려면 평소에 늘 사랑을 많이 표현하고, 또 사랑받는 느낌을 유지해야 합니다. 물론 무지 어렵습니다. 내 경우 그 느낌을 유지하는 비율이 7대 3 정도 됩니다. 물론 실패가 7입니다(그래서 나도 모르게 엉뚱하게 화를 내고, 뒤돌아 후회합니다). 머리 싸매고 고민하지는 않습니다. 그러니까 사람이고, 그러니까 노력하며 사는 겁니다. 그럴 땐 그저 스스로에게 "너 참 외롭구나!" 하고 토닥토닥 위로해줍니다. '다시'라는 말은 이럴 때 쓰는 거라며 말입니다.

아, 한 가지 힌트가 있습니다. 이도저도 안 될 때 나는 차 안에서 음악을 크게 틀어놓고 좀 앉아 있습니다. 이왕이면 인적이 좀 드문 곳에서요. 차 안에서 크게 노래를 부르거나 음악 틀어놓고 소리를 지르고 나면 한결 낫습니다. 다만 이건 임시방편이니, 없는 사랑이라도 불러일으키려는 노력을 조금이라도 해보기를 권합니다.

피할 수 없는
외로움에서
벗어나려면

철저하게 외로워봐야 외로움을 극복할 수 있습니다

사람은 사랑 없이는 살 수 없는 존재라는 걸 깨닫는 순간,
비로소 외로움에서 벗어날 길이 보입니다.
그 누구라도 마음으로 함께하는 존재가 있다면 외로울 일이 없습니다.

이탈리아 어느 신부 이야기입니다. 이 신부가 머무는 숙소는 성당에서 도보로 10분 정도 떨어진 곳에 있었습니다. 가을이 깊어가는 어느 날 저녁, 미사를 마치고 집으로 돌아가는데 어느 집에서 까르르 웃는 소리가 들렸습니다. 무슨 일에 저렇게 기뻐하나 싶어 창문 너머로 슬쩍 들여다보니, 온 가족이 지켜보는 가운데 작은 어린아이가 제 힘으로 서려고 기우뚱대고 있었습니다. 그러다가 아이가 용케 제 힘으로 섰고, 가족들은 박수를 치며 기뻐했습니다.

그 광경을 흐뭇하게 지켜보다가 돌아선 신부는 문득 쓸쓸한 기분이 들었습니다. 신부가 되지 않고 장가를 갔더라면 당연하게 느낄 수 있는 기쁨인데, 이 기쁨에서 영원히 소외된 채 살아야겠구나 하는 생각에 발걸음이 무거웠습니다.

집으로 돌아온 신부는 담배를 한 대 물고 위스키 한 잔을 마시며 외로움을 달랬습니다. 그러던 중 갑자기 좋은 아이디어가 떠올랐습니다. 신부는 침대로 달려가 침대 머리맡에 놓인 베개를 집어 들고 세우기 시작했습니다. 그런다고 베개가 서겠습니까마는 포기하지 않고 넘어진 베개를 계속 세웠습니다. 그러기를 수십 번. 드디어 베개가 우뚝하니 섰습니다. 그 모습을 보고 신부는 혼자서 박수를 치며 좋아했습니다.

신부들 사이에서 농담처럼 오가는 이야기이지만, 이 신부의 심정을 백분 이해합니다. 그런 광경을 목격했더라면 나라도 맨 정신에 잠들지 못했을 것 같습니다. 언젠가 이 이야기를 강론 중에 했더니 혼자 사는 신부가 못내 불쌍해 보였던지, 신자들이 척척 잘 세워지는 베개를 한 보따리 선물하더군요.

신부가 된 후 제일 싫은 것이 혼자 밥 먹는 겁니다. 그런데 운명적으로 신부는 혼자 식사를 해야 합니다. 평소에 잘 못 느끼다가도 혼자 식사할 때 유독 외로움을 탑니다. 같이 식사를 하면 아무리 찬이 부실해도 맛없다는 생각이 안 듭니다. 그러나 혼자 밥을 먹으면 진수성찬도 맛이 없습니다. 그래도 내게 다른 방법은 없습니다. 참고 꼭꼭 씹어 먹는 수밖에요.

가족과 늘 같이 식사하는 사람들은 그 고마움을 잘 모릅니다. 그래서 끼니때 다른 걱정을 하며 밥맛이 없다고 수저를 내려놓는가 하면, 반찬 투정을 하며 화를 내기도 합니다. 이런 사람들은 한두 달 혼자 식사를 해봐야 합니다.

사람들은 누군가와 함께하는 것을 너무나 당연하게 생각해, 그것이 주는 기쁨을 모른 채 사는 것 같습니다. 그러면서 사는 게 외롭다고, 어쩌면 함께 살아서 더 외로운 것 같다고 말합니다. 하지만 나는 그 말을 인정하지 않습니다. 사람은 혼자일 때 외롭습니다. 누군가와 함께 있는데 왜 외로울까요? 함께 있어도 외롭다고 느끼는 건 마음이 함께하지 않기 때문입니다. 몸은 함께하되 마음을 나누지 않기 때문에 외롭다고 느끼는 것이지요.

얼마 전에 재건축을 앞둔 어느 아파트 지하에 버려진 새끼 고양이를 구해준 적이 있습니다. 며칠을 굶은 채 울부짖는 새끼들 모습은 처참했습니다. 급한 대로 우유를 구해 먹였더니 내 손을 꼭 부여잡고 놓지 않더군요. 하다못해 이런 어린 동물도 누군가 곁에 있으면 어떤 어려움이 닥쳐와도 굳건히 이겨냅니다. 홀로 있는 것은 수동이든 능동이든 버려지는 것이고 버림받은 존재는 외로움을 피할 수 없습니다.

이해가 가지 않는다면 아무도 없는 곳에서 사흘만 머물러 보십시오. 사흘은커녕 하루도 지나지 않아 그 누구를 붙잡고

서라도 얘기를 나누고 싶어질 겁니다.

그런 의미에서 볼 때 외로움에서 벗어나는 첫 번째 방법은 철저하게 외로워보는 것입니다. 철저하게 외로워봐야 그 외로움에서 벗어날 수 있습니다.

지지고 볶는 일상이 지겹게 반복되지만, 사람은 결국 사랑하며 살아야만 합니다. 누군가와 마음을 나누고 서로 사랑하는 삶을 살면 외로울 이유가 없습니다. 우아하게 잘 꾸미고 잘 먹고 살아도 사랑이 없으면 버려진 새끼 고양이처럼 소외된 진상에 불과합니다. "무슨 소리냐! 나는 반려동물이 곁에 있고 SNS에서도 어마무지한 벗들과 관계를 유지하고 있는데 무슨 외로움이냐! 내게 외로움 따위는 없다"라고 부정하는 사람들이 있습니다. 그것은 사람의 살맛과 따뜻한 호흡을 체험하지 못했거나 거부당한 사람들의 자기 위안에 불과합니다.

혼자 식사하기 싫은 것은 좀 참으면 됩니다. 외로운 순간에는 베개 좀 세우면서 그 순간을 넘기면 그만입니다. 그러나 사랑을 포기해서 생기는 외로움은 병입니다. 어느 날 내가 깊은 외로움에 빠져서 병처럼 아프다고 느껴지면 내가 사랑을 멈추고 있는 겁니다.

사람이 생겨 먹기를 누군가와 사랑을 주고받지 않으면 병이 나게 되어 있습니다. 나는 사람이 그래도 사람으로서 최소한의 삶의 형태를 유지할 수 있는 것이 자녀를 낳고 키우는 거라고 생각합니다. 사람은 본래 너무나 이기적이어서 자기밖에 모르고 살게 되어 있습니다. 사촌이 땅을 사면 배가 아픈 것이 진실입니다. 자기 직장에서 윗사람이 사고 쳐서 잘리면 그 자리가 혹시 내 자리가 되지 않을까 하고 은근히 기대하는 것이 사실입니다.

오죽하면 예수님도 "이웃을 내 몸처럼 사랑하라"고 했겠습니까? 저만 아는 인간 종족들에게 유치원생 가르치듯 "내 몸을 얼마나 사랑하는지 스스로 잘 알지요? 이웃을 사랑할 때 그런 느낌으로 하는 것입니다."라고 설명한 겁니다. 이런 인간이 유일하게 자기 자식에게 헌신합니다. 사람이 본능적으로 사랑하는 능력을 발휘하는 순간이지요. 결혼하고 자식을 낳아 키움으로써 최소한의 사람다운 사람이 되는 겁니다. 이 정도 사랑도 없이 저만 생각하고 살아가는 인간 군상들만 존재한다고 상상해보십시오. 생각만 해도 너무 끔찍하지 않습니까?

가족 안에 있어도 식구들이 내 맘을 안 알아주어 혼자 있는 것보다 더 외롭다고 얘기하지 마십시오. 그건 사랑을 받으려고 하는 내 욕심 때문이지 식구들 때문이 아닙니다. 사랑은 먼저 하는 것이고 먼저 주는 것입니다. 혹시 사랑을 받는 순간이 있다면 그건 그저 감사히 받아들이십시오. 먼저 사랑하는 것만이 외로움에서 탈출할 수 있는 유일한 비상구입니다.

결정 장애를
지닌 이들을 위한
조언

자기만을 위한 선택에는 반드시 후회가 따릅니다

선택의 기로에서 자기만을 위한다면
진정으로 행복할 수 없습니다.
후회 없는 선택에는 항상 '나'만이 아닌 '우리'가 있습니다.

살면서 우리는 수많은 선택의 순간에 놓입니다. 그 선택에는 진학이나 취업, 결혼 등 인생의 방향을 결정짓는 것도 있고, 점심시간의 메뉴 선택이나 쇼핑할 때 옷 고르기처럼 가벼운 것도 있습니다. 어찌되었든 우리는 매 순간마다 끊임없이 어떤 것을 취하고, 그에 따라 어떤 것은 버려야 합니다. 우리의 인생은 선택의 연속이라고 할 수 있습니다.

인간의 자유 의지가 존중되면서 우리는 내 마음대로 선택할 권리를 더 많이 누리게 되었지만, 그에 따른 결과를 오로지 자신이 감당해야 하는 부담감도 떠안게 되었습니다. 선택의 결과를 어느 정도 예측할 수 있으면 그나마 다행이지만, 불행히도 우리 인생에서 그런 경우는 많지 않습니다. 특히나 인생의 향방을 결정짓는 중요한 문제들은 본을 삼을 만한 기준조차 없습니다. 설혹 다수가 따르는 기준이 있다 하더라도 맹신해서는 안 됩니다. 하루아침에 그 판도가 뒤바뀌는 일이 허다하기 때문이지요(그래서 나는 젊은 시절부터 주식 투자 따위는 생각도 하지 않았습니다).

그래도 우리는 선택의 순간을 피할 수 없기 때문에 어떤 결정에 앞서 자기만의 기준을 세우는 일이 중요합니다. 유행이나 세상이 정한 가치관에 의한 것이 아닌, 오로지 내 머릿속에서 나온 기준 말입니다. 자기 기준 없이 순간적인 감정이나 남의 말에 휩쓸려 어떤 것을 택했다가 크게 후회하는 사람들을 참 많이 봐왔습니다. 눈에 콩깍지가 씌워 덥석 결혼했다가 파경을 맞거나, 소문만 믿고 친구 따라 사업에 투자했다가 재산을 날린 사람들의 이야기를 종종 듣지 않습니까? 하지만 결과가 나쁘더라도 내 기준에 따라 소신껏 선택했다면 비록 기대한 결과를 맞지 못하더라도 미련이 남지 않습니다. 오히려 배움의 계기가 되지요.

내 인생에서 가장 무게 있는 선택의 순간은 '사제의 길을 갈 것인가 말 것인가' 하는 문제를 앞두었을 때였습니다. 알다시피 기독교 목사님은 그래도 결혼이라는 걸 합니다. 하지만 스님이나 수녀, 신부는 평생 독신으로 살아야 합니다. 딱히 경험하지 않았더라도 그 삶이 어떨지는 충분히 짐작되지 않습니까? 결코 쉽게 택할 수 있는 길이 아니라는 건 설명하지 않아도 알 겁니다.

나 역시 신학대학을 갈지 말지 결정할 때 고민이 많았습니다. 평생 수컷 본능을 억누른 채 장가도 안 가고 살아야 한다는 건 생각만 해도 괴로운 일이었습니다. 더구나 놀기 좋아하고 호기심 충만한 내가 매일 기도하며 금욕적인 생활을 유지할 수 있을지에 대해서는 확신이 서지 않았습니다. 세상에 재미나고 신나는 일이 얼마나 많은데 한번 살고 마는 인생을 성직자로 산단 말입니까.

고등학교 때 나를 점찍은 신부님이 내게 "너 신부 돼라"라고 하실 때까지만 해도 속으로는 '정말 나를 신부님으로 만들 생각은 아니시겠지' 하며 건성으로 "한번 생각해볼게요" 하고 대답했습니다. 하지만 신부님은 그냥 한 번 던진 말이 아니었던 모양입니다. 그 뒤로 다시 나를 찾으셨고 같은 말씀을 하셨습니다. 평소 나를 아껴주시던 신부님으로부터 같은 말을 또 들으니 진지하게 고민하게 되었습니다. 사실 그때까지만 해도 '부자가 되어 예쁜 색시를 만나서 사는 것이 행복이다', '법조인이나 정치인, 혹은 교수가 돼서 돈과 명예를 쥐는 것이 장땡이다' 이런 생각을 갖고 있었는데, 처음으로 내 인생에 대해 진지한 물음을 던지게 된 겁니다.

일단 성당에 계시는 신부님과 수녀님을 찬찬히 살펴보았습니다. 그런데 그 삶이 예상했던 것처럼 마냥 힘들어보이지는 않았습니다. 오히려 그분들의 얼굴에서 일반인들에게선 찾아볼 수 없는 깊이 있는 미소를 발견할 수 있었습니다. 그때 그런 의문이 들었습니다. '도대체 왜 저분들은 저토록 행복한 얼굴을 할 수 있는 걸까?'

그 차이가 무엇인지 정확히 알 수는 없었지만 한 가지는 확실히 다르다는 걸 알 수 있었습니다. 적어도 이분들은 남을 위해 살고 있다는 사실이었지요(신부가 된 뒤 안 사실이지만, 이분들도 전적으로 남을 위해서만 사는 것은 아닙니다). 그제야 비로소, 세상 모든 사람들이 그토록 원하는 행복이 어쩌면 부귀영화에 있지 않을 수도 있다는 생각이 들었습니다. 그리고 혼란에 빠졌습니다. '만일 행복에 이르는 길이 돈과 명예에 있지 않다면 과연 어떻게 살아야 할 것인가?'

답은 찾지 못했습니다. 하지만 밑져야 본전이라는 생각으로 한 가지 결심을 하게 되었습니다. '일단 나는 잘 먹고 잘 살겠다. 하지만 최소한 이웃도 생각하면서 살겠다.'

그렇게 사는 것이 정말 행복할지는 여전히 의심스러웠지만,

적어도 후회는 하지 않을 것 같았습니다. 그 기준으로 결국 신부의 길을 택했고(물론 신학교를 다니는 동안에도 끊임없이 의심을 했습니다), 다행히도 아직까지는 당시 짐작대로 후회 없이 보람을 느끼며 살고 있습니다.

어떤 사람이 미래의 선택을 위해 무엇을 기준으로 삼는가를 보면 그 사람의 인품과 미래의 행복지수를 알 수 있습니다. 얼마 전에 늦게까지 술자리를 하는 바람에 대리 기사를 부른 적이 있습니다. 집으로 귀가하던 중에 그로부터 그간 살아온 이야기를 듣게 되었지요.

그 사람은 고등학교를 졸업한 후 안마시술소 종업원으로 일하다가 자기 가게까지 차렸었다고 했습니다. 다섯 형제가 모두 그 일에 뛰어들어 저마다 큰돈을 벌었다고 했지요. 그런데 가만히 들어보니 그가 운영했다는 안마시술소는 성매매로 돈을 버는 업장이었습니다. 한창 잘나가던 차에 단속에 걸려 영업정지 처분을 받고 쫄딱 망했다는 겁니다. 그런 이야기를 자랑스럽게 하는 얼굴을 보고 있자니 '세상에 이런 삶도 있구나' 싶었습니다. 그런데 뒤이은 그의 이야기는 더 나를 놀라게 했습니다.

"이제 제 나이 사십입니다. 언젠가는 꼭 다시 그 사업을 다시 일으켜서 성공할 겁니다."

결의에 찬 그의 얼굴에서는 일말의 양심적 가책조차 찾아볼 수 없었습니다. 심지어 나를 성당 마당에 내려주고도 "성당 신부님이네?" 하며 무심히 돌아가는 것이었습니다.

유유히 휘파람까지 불며 걸음을 떼는 그의 뒷모습을 보며 화가 나기보다 참 안됐다는 생각이 들었습니다. 이 사람의 인격 안에는 오로지 자신밖에 없었습니다. 이웃이라는 말은 털끝만치도 찾아볼 수 없었습니다.

단언컨대 그 사람은 사업에 성공해 돈을 벌 수 있을지 모르지만, 행복해지지는 않을 겁니다. 세상의 모든 행복을 100이라고 한다면, 그중 나 혼자 누릴 수 있는 행복은 1도 되지 않기 때문입니다(아니라고 반박하고 싶다면, 행복을 잘못 알고 있는 겁니다). 그나마 그것도 일시적인 것일 따름입니다.

이렇게 말하고 보니 마치 내가 성인군자 같습니다만, 나는 고귀한 수행과는 거리가 먼 사람입니다. 사람은 누구나 자기자신을 챙기게 마련이고 나 역시 그렇습니다. 즉, 사람이란 존재는 일단 내가 먼저 만족해야 이웃이 눈에 들어온다는 말입니다. 오죽하면 예수님도 이웃을 '내 몸같이' 사랑하라고 말했을까요. 성경에 나와 있는 구절은 우선 나 자신부터 챙기고 보는 인간의 속성을 잘 드러낸 말입니다. 내 몸을 아끼듯이 이웃도 좀 생각하며 살라는 말이지요.

그런데 막상 그렇게 살아보면 그 삶이 제법 재미있다는 걸 깨닫게 됩니다. 생각지도 않은 감사의 말로 가슴이 벅차오르는가 하면, 주변 사람들로부터 제법 인기도 생깁니다. 그럴수록 더 잘 살고 싶은 마음이 샘솟고, 불가능한 일마저도 능히 해낼 힘이 생깁니다.

우선 선택의 기준을 세워보십시오. 밑져야 본전이라는 가벼운 마음으로 선택의 기준을 세워보십시오. 선택을 할 때 가장 좋은 기준은 우선 내가 좋은 것, 그리고 이웃도 좋은 것입니다. 오로지 나만 좋은 것은 최악의 기준입니다. 대단한 선택이 아니더라도 모든 선택은 크든 작든 남에게 영향을 미치게 되어 있습니다. 이왕 영향을 미칠 바엔 좀 자랑스럽고 즐거운 것이면 좋지 않겠습니까?

순간의 선택이 평생을 좌우한다는 말이 있지만, 조금 더 구체적으로 이렇게 말하고 싶습니다. "남을 생각하는 선택이 많아질수록 인생이 즐거워진다"고 말입니다.

종교와
보험의
공통점

어느 순간이든 정답은 밖이 아닌 내 안에 있습니다

당신은 언제 신을 찾습니까?
신은 미래의 불안을 덜어주거나 소원을 들어주는 존재가 아닙니다.
신에게 무엇을 청하기 전에 세상의 이치를 먼저 깨달아야 합니다.

지하철도 다니지 않는 어두컴컴한 새벽, 전등불이 환하게 켜지는 곳은 절, 교회, 성당 그리고 보험 회사 사무실입니다. 새벽 미사를 드리려고 졸음을 참고 일어나 창밖을 내다보면, 건너편 고층 빌딩의 5개 층에 벌써 불이 들어와 있습니다. 그 환한 불빛 사이로 '○○○ 보험'이라고 적힌 간판이 보입니다. 종교인들이야 혼탁한 세상을 깨우기 위해 어둠을 뚫고 새벽을 연다지만 저들은 무엇을 위해 새벽부터 이 부산을 떠는 걸까요?

사실 20~30년 전만 해도 보험회사는 지금처럼 성장하지 않았습니다. 사람들은 열심히 노력만 한다면 취업과 결혼, 집 장만, 육아 등 미래의 청사진을 자신의 힘으로 일굴 수 있었습니다. 자기주도적으로 인생을 꾸려갈 수 있는 여건이 되었기 때문에, 군이 보험 같은 것에 의존할 필요가 없었지요. 하지만 요즘은 너나 할 것 없이 보험 상품 한두 개쯤은 갖고 있습니다. 미래가 너무 불안하기 때문입니다.

보험회사는 사람들의 이런 심리를 잘 알고 있습니다. 그래서 닥치지도 않은 미래의 불행을 과장되게 꾸며 사람들에게 겁을 줍니다. 사람들의 불안 심리를 이용해 돈을 버는 셈입니다. 어떤 비용 투자 없이 불안을 사고파는 것으로 영업이 되니, 일면 신기루 같은 사업이라고 볼 수도 있습니다.

그런데 잘 생각해보면 그 영업 형태를 종교에서도 발견할 수 있습니다. 지난 세월 일부 종교에서는 진리를 가르치지 못했습니다. 사람들에게 불안한 미래를 두고 겁을 주면서, 절대자인 신을 믿지 않으면 지옥 불에 떨어진다고 설교했습니다. 심지어 헌금을 내면 대신 기도해 불행을 막아줄 것처럼 유도하기도 했습니다. 보험회사가 일정 보험액을 내면 미래의 모든 문제를 해결해줄 것처럼 떠들 듯이, 종교 역시 얼마나 정성을 바치느냐에 따라 미래의 행복이 보장된다고 가르친 겁니다. 그 가르침을 따르지 않으면 죽어서 지옥에 간다고 겁을 주었고, 사람들은 종교를 떠나면 큰 봉변을 당하는 줄 알고 그 가르침을 맹신했지요.

요새는 보험회사가 하도 영업을 잘해서인지, 일부 종교의 잘못된 행태가 많이 사라졌습니다. 불안을 팔아 돈을 버는 것은 이제 보험회사의 몫입니다. 그나마 남은 영업 수단이 장례 때 복을 빌어주는 일인데, 이 일도 상조회사가 나타나서 자리를 뺏겼습니다.

종교의 본래 기능은 사람들로 하여금 스스로를 잘 들여다보게 해, 자기 인생을 주도적으로 살 수 있도록 힘을 주는 것입니다. 신에게 의존해 마치 모든 일을 신이 다 해결해줄 것처럼 매달리게 하는 것이 아니라, 세상이 돌아가는 이치를 가감 없이 받아들이고 순리대로 살게 하는 것입니다. 즉, 살면서 부딪히는 모든 문제의 정답이 실은 내 안에 있음을 깨닫도록 도와주는 거지요.

아이가 대학에 합격하기를 바란다면 돈을 내고 기도할 것이 아니라, 아이가 열심히 공부할 수 있도록 도와주는 것이 세상 이치입니다. 무턱대고 합격하게 해달라고 빌 게 아니라, 공부로 힘들어하는 아이의 어깨를 한 번 더 두드려주는 것이 맞지 않겠습니까?

이런 세상 이치를 이해하고 제 스스로 노력하도록 힘을 주는 것이 종교의 역할이지요. 종교의 가르침을 제대로 이해한 사람이라면, 설혹 결과가 좋지 않더라도 이를 받아들이고 '더 노력해야겠구나' 하며 힘을 낼 겁니다.

하지만 여전히 종교를 소원을 이뤄주는 요술램프쯤으로 생각하는 사람들이 많습니다. 대학 입시 백 일 전에 성당, 교회, 절이 문전성시를 이루는 걸 보면 말입니다. 하지만 불경이든 성경이든 어느 종교 경전에서도 "복을 빌어라, 그러면 내가 복을 주겠다"고 가르치는 구석은 없습니다.

내가 만일 어떤 종교에 소속되어 지속적으로 종교 생활을 하고 있다면 내 종교가 무엇을 가르치고 있는지 잘 들여다보십시오. 그리고 나는 어떤 종교 생활을 하고 있는지도 잘 살펴보시기 바랍니다. 종교는 미래를 보장해주는 보험 상품이 아닙니다. 신을 통해 인간의 본 모습을 깨닫고, 욕심을 버리고 평화를 얻는 것이 종교의 참모습입니다.

사랑은 먼저 하는 것이고 먼저 주는 것입니다.

먼저 사랑하는 것만이

외로움에서 탈출할 수 있는 유일한 비상구입니다.

먼저 자신을 돌아보십시오. 있는 그대로의 나, 상처 받은 나를 인정하고 안아줘야 합니다. 자기와의 화해 없이 행복한 인생을 살 수 없기 때문입니다. 행복은 솔직한 자기와의 여행입니다. 상처 받은 나는 정의의 이름으로 치유하면서 잘 도닥여주고, 예쁜 구석이 있는 나는 자랑스러워하며 조금 우쭐대고 사는 것이 행복입니다. 내가 잘못한 것이 없고 당당한데 뭐가 걱정입니까. 설사 잘못한 일이 있으면 반성하고 생각을 고쳐먹으면 그만입니다. 행복 여행에 가장 불행한 동반자는 '내가 아닌 나'입니다.

3장

어제보다 오늘 더
행복해지는 법

독신 선배로서
말하는
혼자 사는 비법

밥은 굶더라도 사랑을 포기하진 마십시오

사랑은 독신자로서의 권리임과 동시에
생존을 위한 첫째 조건입니다.
혼자 사는 사람일수록 한순간도 사랑을 놓쳐선 안 됩니다.

직업상 나는 평생 혼자 살 수밖에 없습니다. 아침에 혼자 눈 뜨고 밤에 또 혼자 잠을 청해야 합니다. 신부의 이런 삶을 사람들은 궁금해 합니다.

"신부님은 왜 결혼하지 않나요?" "결혼은 안 해도 여자는 사귀어도 되지 않나요?"

일반인들과의 모임에서 자주 듣는 질문입니다. 사실 나도 신부가 되기 전에 여러 고민을 할 때, 가장 비장한 결심을 필요로 한 부분이 이것이었습니다. '남녀칠세지남철(자석)'이라고, 일곱 살 때 성에 눈을 뜬 수컷 입장에서 독신 생활을 결심한다는 것이 보통 일은 아니었습니다. 신부가 되기 위한 수업을 하면서도 이 부분이 제일 힘들었고 신부가 되어서도 한동안 무척 힘들었던 것이 사실입니다. 엄연한 본능을 거스르는 것으로, 이를 극복하는 것은 여간 내공이 필요한 일이 아니었습니다.

그런데 요즘은 성직자가 아니어도 독신으로 사는 사람이 많아졌습니다. 물론 신부처럼 정조를 지키는 형태는 아니지만 말입니다. 2018년이 되면 우리나라에 1인 가구 수가 전체 가구 수의 30퍼센트를 차지하게 된다고 하니, 이들을 위한 제도적 장치가 필요하다고 봅니다.

독신 가구의 형태는 일단 결혼을 기준으로 볼 때 대략 미혼 독신과 이혼 독신으로 나뉩니다. 알려진 대로 이혼 독신은 기하급수적으로 늘고 있고, 애초에 결혼하지 않는 미혼 독신도 무시 못할 만큼 늘고 있습니다. 여기에 더해 앞으로 황혼이혼은 훨씬 더 늘어날 겁니다. 지금 큰 무리 없이 결혼 생활을 하고 있더라도 노년기에 접어들어 이혼하고 싶어지거나, 배우자로부터 황혼이혼을 당하게 될 수도 있는 일입니다. 물 반 고기 반이라고 어쩌면 우리 사회는 독신 가구 반, 결혼가구 반이 될지도 모릅니다.

이제 결혼은 할 수도 있고 안 할 수도 있습니다. 이러고 보니 천주교가 큰일입니다. 천주교 교리에서는 남녀의 결합으로 가정을 이루는 것이 하느님의 뜻이라고 가르칩니다. 그러나 천주교 종주국들이 이미 이 교리를 안 지키고 있습니다. 그래서 이번 교황님이 그런 사람들에게 유연성 있게 접근하려는 노력을 하고 있는데, 자기들만 심각하지 당사자들은 전혀 심각하지 않습니다. 오히려 종교가 자기 법을 유지하기 위해 스스로 안간힘을 쓴다는 인상입니다.

종교적 교리는 어디까지나 인간을 인간답게 살게 하기 위한 것입니다. 그런 의미에서 종교도 현 흐름에 따라 유연해질 필요가 있습니다.

종교적 관점을 떠나, 이쯤 되면 신부들이 1인 가구를 위한 컨설팅을 해도 되는 입장이지 않나 하는 생각이 듭니다. 독신자로서의 삶은 한참 선배이니 말입니다.

독신 선배로서 혼자 사는 비법을 가르쳐 드리겠습니다. 성생활을 기준으로 보자면 독신의 내용이 다르지만 그것 빼고는 큰 차이가 없습니다. 비법은 '자유와 사랑을 절대 포기하지 않는 것'입니다. 전 세대에서 결혼으로 누렸던 것이 보호와 안정이었다면 이 세대의 새로운 형태의 독신에서 누릴 수 있는 것은 자유와 사랑입니다.

자유는 독신 특유의 장점입니다. 누구의 간섭도 받지 않습니다. 상대방의 일방적 요구에 억지로 맞춰 살아야 하는 의무도 없습니다. 부부끼리 서로 얼굴 맞대고 매일 으르렁대며 사는 피곤함도 없습니다.

단, 자유를 방종으로 착각해서는 안 됩니다. 진정한 자유는 무언가 가치 있는 일을 선택할 권리를 충분히 누리는 겁니다. 가정이라는 울타리 안에서 쉽게 할 수 없는 일들을 용기 있게 행하는 거지요.

사랑은 독신자로서의 권리임과 동시에 생존을 위한 첫째 조건입니다. 단언컨대 사랑 없이는 홀로 사는 삶을 감당할 수 없습니다. 신부가 독신으로 사는 건 본능적 사랑이 아닌, 좀 더 높은 차원의 사랑을 하기 위해서입니다. 세상에서 어쩔 수 없이 소외된 사람들, 필연적으로 혼자일 수밖에 없는 사람들과 더욱 사랑을 나누기 위해 독신 생활을 택한 겁니다. 역설적이지만, 신부는 더 사랑하기 위해 혼자 삽니다.

혹시라도 사랑하기가 두려워 혼자 산다면 이는 한참 잘못된 생각입니다. 사랑할 용기가 없는 겁쟁이인 것이지요. 오로지 자기만 사랑하면서 자유롭고 멋진 인생을 살고 있다고 착각하지만, 그런 삶은 속빈 강정에 불과합니다. 자유를 누리기는커녕 우울증 등 더 큰 심리적 문제를 만나게 될지도 모릅니다.

기본은 남녀 간의 사랑입니다(본능적으로 가장 쉽게 할 수 있는 사랑입니다). 마음껏 최선을 다해 사랑하되, 사랑하지 않는 대상과는 인연을 지속하지 마십시오. 몇 번 실패하더라도 서로 사랑하고 그 사랑이 지속되는 사람을 만나십시오. 필요하다면 동거를 택할 수도 있습니다. 혹시 50대쯤 이런 인연을 만나면 전 시대의 유물이 된 결혼이라는 것을 해도 좋을 것 같습니다. 황혼에는 보호와 안정을 필요로 하기 때문입니다.

앞으로 동거는 새로운 형태의 결혼으로 자리 잡을 것 같습니다. 법률 용어로는 사실혼이라고 합니다. 새로운 형태의 결혼에는 각자 자기 집에 머물면서 주기적으로 동거하는 것도 포함됩니다.

그러면 2세를 포기하라는 소리냐는 질문이 나올 수 있습니다. 자녀 양육을 위해 부모가 공존하는 가정을 이뤄야 한다는 주장이 아직까지 지배적인 것이 사실입니다. 그러나 주장은 주장일 뿐 이미 아이를 혼자 양육하는 사람이 상당히 많고 앞으로 더욱 늘어날 것입니다. 또한 주기적 동거를 하면서, 서로 합의 하에 번갈아가며 양육하는 형태도 생겨나겠지요. 성경에서도 둘이 한 몸이 되는 것만 가르치고 있지, 결혼식을 올리고 가정을 이루라는 말은 없습니다.

그런데 걱정이 있습니다. 이렇게 이야기하고 보니 진정한 자유와 사랑 없이 일탈만 꿈꾸는 사람이 생기지 않을까 하는 생각이 듭니다.

행여라도 허황된 로맨스를 꿈꾸며 내 옆의 배우자를 무시하라는 뜻으로 받아들여서는 곤란합니다. 독신은 자유와 사랑을 추구하면서 거기에 따르는 모든 희생을 감수해야 하는 쉽지 않은 삶이라는 것을 알아야 합니다.

한 가지 더 하고 싶은 말은 독신으로 살면서 신부처럼 성생활을 절제하며 살지는 말았으면 합니다. 신부가 성생활을 포기하는 것은 수행입니다. 수행을 할 바에야 그냥 수도자가 되고 말지, 뭣 때문에 신이 주신 선물을 포기한답니까? 그런 사람들을 보면 십중팔구 본능을 풀지 못해 여러 사람을 괴롭힙니다(이런 사람들이 남의 일에 사사건건 간섭하고 지적질하는 걸 많이 목격했습니다).

사주팔자보다
확실한
미래예측법

정해진 운명 대신 내 안의 비전을 믿으십시오

운명적으로 타고난 기질과 성향은 분명 있습니다.
하지만 그만으로 미래의 삶이 결정되는 건 아닙니다.
미래를 결정하는 건 결국 삶을 대하는 각자의 태도와 행동입니다.

　　　　　　연말연시 한 달간, 일 년 먹고살 장사를
한 번에 몰아서 하는 직업이 있습니다. 미래의 운세를 사주나
관상, 별자리 등으로 예견해주는 곳, 소위 말하는 '점집'입니
다. 먹고 사는 게 갈수록 어렵다고들 하는데, 이분들은 오히려
때 아닌 호황을 누리고 있습니다. 그만큼 괴롭고 불안한 사람
들이 많다는 뜻입니다.

　사주 풀이를 업으로 삼고 있는 지인을 얼마 전 만났습니다
(참고로 말하자면 이분 미래 상담은 제가 해주고 있습니다). 그분 말
씀이, 오랫동안 이 일을 해오다 보니 이제는 문턱을 넘는 손님
얼굴만 봐도 딱 견적이 나온다고 합니다. 사주를 보지 않고도
그 사람의 미래가 어떨지 바로 보인다는 것입니다.

　"사주를 정해진 운명으로 생각들을 하는데, 내일모레 죽을
팔자인 사람이 멀쩡하게 잘 사는 경우도 있고, 관운이랑 돈복

이랑 다 타고난 사람이 하는 일마다 쫄딱 망하기도 해요."

결국 정해진 미래란 없다는 말입니다. 그래서 그분은 상담을 마친 뒤에 꼭 한 마디 덧붙인다고 합니다. 사주를 맹신하지 말고 기상청 날씨 예보 정도로 생각하라고 말입니다. 날씨를 바꿀 수는 없지만, 비 온다는 예보를 듣고 우산을 챙길지 말지는 개인의 몫이라는 거지요.

명색이 신부씩이나 돼서 사주니 팔자니 하는 운명론을 들먹이는 게 이상하게 들릴지 모르지만, 사람마다 타고난 성향이나 기질(미래의 향방을 예측하게 하는)은 있다고 봅니다. 그것이 미래에 어느 정도 영향을 미친다는 건 심리학에서도 검증이 되었고요. 하지만 그것만으로 미래의 삶이 결정되는 건 아닙니다. 미래를 결정하는 건 결국 삶을 대하는 각자의 태도와 행동입니다.

지극히 상식적인 이 진리를 사람들은 종종 잊어버립니다. 내게 벌어진 모든 일들은 결국 내가 한 선택과 행동의 부산물일 뿐인데, 이를 잊고 미래를 알고 싶다며 점집을 찾습니다. 그러면 또 이런 질문이 나옵니다. 어떤 행동을 취해야 할지 잘 모르겠다고요. 이럴 땐 '어떤 행동을 해야 할지'를 물을 게 아니라, '왜 내가 해야 할 행동을 모르는지'를 자문해봐야 합니다.

이유는 하나입니다. 어떤 행동을 취해야 할지에 대한 명확한 근거, 즉 '비전'이 없기 때문입니다.

비전이 확실한 사람은 지금 내가 무얼 해야 할지 정확히 압니다. 따라서 미래가 별로 궁금하지도 않습니다. 그저 자신의 비전에 한 걸음 더 가까이 다가가기 위해 열심히 노력할 따름이지요. 또한 미래를 불안해하기보다, 오히려 오늘을 사는 원동력으로 삼습니다. 그래서 풀리지 않는 문제가 생겨도 이를 신나는 도전으로 여기고, '이걸 어떻게 해결하면 좋을까?' 하며 구체적인 방법을 모색하지요. 그 결과가 바라는 대로 나타나면 좋고, 설혹 기대에 못 미쳐도 실망하지 않습니다. 어떤 결과도 내가 가진 비전을 흔들지는 않기 때문이지요. 그들에게 실패란 그저 보완해야 할 지점을 확인한 것에 불과합니다. 순간적으로 실망할 수는 있어도 '다음에 더 잘하면 되지 뭐' 하며 홀홀 털고 일어납니다.

반면 자신만의 비전이 없는 사람들은 그저 세상이 정한 기준대로 돈과 명성을 쌓아 남 보기에 근사하게 살고 싶다는 막연한 생각만 합니다. 생각 자체가 막연하니 무슨 행동을 취할지도 막연할 수밖에 없습니다. 미래를 위해 고민하고 준비하고 있다고 하지만, 실상을 들여다보면 하루에도 수십 번씩 마음이 흔들려 갈팡질팡합니다. 그러니 점집을 찾아다니거나 (종교적으로 양심상 찔려서인지) 차마 그러진 못하고 내 인생에 별로 중요하지 않은 사람들에게 어떻게 하면 좋겠느냐고 물으러 다닙니다. 또한 문제가 생길 때마다 실망하면서 모든 걸 운명 탓으로 돌려버리지요.

몇 전 전부터 서울 연희동에서 문화예술인들과 함께 공동 프로젝트를 진행하고 있습니다. 가난한 예술인들이 자본시장에 침몰당하지 않고, 진정성 있는 작업을 계속 해나갈 수 있도록 하기 위해 만든 프로젝트입니다. 작가는 좋은 작품을 만들고, 수집가는 좋은 작품을 합당한 대가로 얻을 수 있게끔 서로 교류하게 하는 것이 1차 목표입니다. 평소 문화예술에 관심이 있던 나에게나, 꾸준히 자신만의 예술세계를 구축해가는 젊은 작가들에게나 이 일은 하나의 '비전'입니다. 오늘 내가 해야 할 행동을 결정하게 하는 이유이지요.

'그게 생각대로 되겠어?' 하는 시선들도 있지만, 오히려 주변의 그런 우려가 도전의식을 불러일으킵니다. 얼마 전에는 일반인들에게 좋은 작품을 보는 눈을 키워주고자, 수집가 초보 교육 모임을 만들었습니다. 이제 겨우 1기 모임을 출범시켜 이런저런 시행착오를 겪었지만 실망하지 않습니다. 다음엔 어떻게 보완하면 좋을지 구체적인 교훈을 얻게 되어 오히려 다행이라는 생각을 서로 하고 있습니다.

이 일이 어떻게 풀릴지 참 궁금합니다. 하지만 그건 불안한 상상이 아니라, 행복한 희망입니다. 어떻게 하면 그 희망을 현실로 만들 수 있을지 고민하다 보니 미래를 불안해하며 낭비할 시간이 없습니다. 비전에 따라 계획이 세워지고 계획은 구체적인 스케줄을 탄생시킵니다. 꽉 찬 스케줄을 소화하는 일은 아침에 침상을 차고 일어나게 하는 기쁨입니다.

비전을 꿈꾸는 사람들에게 미래란 그렇게 불안한 사항이 아닙니다. 미래가 몹시 불안하거나 궁금하다면 사주나 운세를 찾기 전에, 내 안에 내일을 꿈꾸게 하는 명확한 상이 있는가를 자문해보기 바랍니다. 비전이 없으면 결국 나도 모르게 요행을 바라게 되고, 내 인생을 자꾸 남에게 묻게 됩니다.

그런데 하나 명심해야 할 것이 있습니다. 돈이나 명예 등을 비전의 자리에 대체시키면 안 된다는 사실입니다. 그런 것들은 비전을 열심히 찾을 때, 예기치 않게 찾아오는 선물 같은 겁니다. 선물은 받으면 좋고 없어도 그만입니다. 내 비전을 더 풍성하게 하는 윤활유 역할을 할 따름이지, 그 자체로 본질적인 기쁨을 주지는 못합니다.

이렇게 말하고 보니 아직까지 비전을 찾지 못한 사람들이 실망할지 모르겠습니다. 거창하게 생각할 것 없습니다. 먼저 순수하게 내 마음이 즐거워지는 일을 찾아보십시오. 나를 웃게 하는 일, 나아가 좋은 세상을 만드는 데 조금이라도 도움이 되는 일이 무엇인지 하루 한 번이라도 상상해보십시오. 사소한 상상이 거듭되면 '한번 해볼까' 하는 의욕이 생기고, 그 의욕이 어느 순간 행동으로 드러나게 돼 있습니다.

눈앞에 닥친 문제를 풀기만도 벅찬 세상살이지만, 비전 없는 인생은 훨씬 더 갑갑하다는 걸 꼭 기억했으면 좋겠습니다.

진정한 친구가
없다고 말하는
당신에게

인간관계의 모든 문제는 상대방에 대한 집착 때문입니다

관계상의 모든 문제는 그의 잘못이 아니라 내 집착에서 비롯됩니다.
상대방을 내 뜻대로 조종하려는 마음을 내려놓으면
갈등이 일어날 이유가 없습니다.

당신에게는 진정한 친구가 있습니까? 진정한 친구 한 사람만 있어도 성공한 인생이라고 합니다.

교도소에서 제일 큰 벌이 독방에 감금되는 거라고 합니다. 그만큼 인간은 혼자 있는 걸 두려워합니다. 그래서 본능적으로 함께할 친구를 찾습니다. 일부 청소년들은 이런 심리를 이용해 집단을 만들고는 한 친구를 표적으로 삼고는 노예를 대하듯 괴롭힙니다. 이른바 집단 따돌림, 왕따입니다. 사람이 자신이 속한 단체에서 왕따로 사는 건 흡사 죽음을 미리 체험하는 것 같은 공포를 줍니다. 그만큼 사람에게 친구는 소중하고 중요한 존재입니다.

하지만 역설적으로 요즘 세상에서 자신에게 진정한 친구가 있다고 자신 있게 이야기할 수 있는 사람은 많지 않습니다. 진정한 친구라고 생각했다가 배신 비슷한 감정을 느낀 경험은 누구나 한 번쯤 있을 겁니다.

한번은 방송 출연 중에 제일 친한 친구에게 문자를 보내달라는 요청을 받았습니다. 그때 누구에게 보낼까 잠시 망설이다가 한 동창 신부에게 문자를 보냈는데, 문득 이런 생각이 들었습니다. 이 동창 신부가 과연 진정한 친구일까? 과연 친구라는 존재가 내 마음을 100퍼센트 알아주고, 힘들 때 정말 위로가 되어줄까?

그렇다고 그 동창 신부가 친구가 아니라는 말은 아닙니다. 다만 우리가 흔히 '진정한' 친구라고 했을 때 기대하는 것이 허상이라는 말을 하고 싶은 겁니다.

나는 진정한 친구를 갈구하는 것 자체가 착각이라고 생각합니다. 잔인하게 들릴지 모르지만 세상엔 우리가 생각하는 진정한 친구, 내 마음을 뼛속까지 알아주는 친구는 없습니다. 그런 친구가 없어서 외롭다고 생각한다면 오해입니다.

친구가 내 외로움을 해결해 주는 존재라고 착각해서는 안 됩니다. 사람에게는 각자 짊어져야 할 외로움의 몫이 있고, 그건 누구도 대신해 줄 수 없습니다. 나만 그런 것이 아니라 누구나 사람은 그렇게 살아간다는 사실을 위안 삼아 묵묵히 자기 인생을 걸어갈 뿐입니다. 그 이상을 바란다면 욕심입니다. 그리고 그 욕심이 결국 관계를 망칩니다.

친구 문제로 괴롭다는 사람이 많습니다. 그러나 사실 가만히 따지고 보면 친구 때문에 괴로운 것이 아니라, 그와의 관계에 대한 갈망 때문에 괴로운 겁니다. 모든 관계가 마찬가지입니다. 그 사람에 대해 '생각'하고 있을 땐 괴롭지만, 갑자기 더 급하고 중요한 일이 생기면 그 순간 방금 전까지 나를 괴롭히던 고통이 사라집니다. 눈앞에 닥친 일 때문에 친구에 대해 생각을 내려놓았기 때문이지요.

그런 의미에서 볼 때 관계상의 모든 문제는 결국 그 해결의 열쇠가 내 손안에 있습니다. 상대가 나한테 어떻게 하는가를 보기 전에, 내가 상대를 어떤 마음으로 보고 있는지를 살펴야 합니다.

대개의 인간관계, 특히 친구나 가족처럼 가까운 관계에서 상처를 받는 것은 '내가 생각한 만큼, 상대가 나를 생각해주지 않는다'는 생각에서 비롯합니다. 또한 상대에 대한 서운함에는 상대를 내 마음대로 조종하고 싶다는 집착이 숨어 있습니다. 집착을 우정이나 사랑으로 착각해서는 곤란합니다. 과도하게 챙겨주고 또 그만큼 요구하게 되면 결국 서로 감당을 못하는 관계가 되고 맙니다.

그래서 거리가 필요합니다. 가까운 관계일수록 나에게 맞춰달라고 강요하면 안 되고, 또 반대로 상대의 요구에 맞춰줘서도 안 됩니다. 결국엔 감당이 안 돼 싸우거나 서로 피하는 관계가 되고 맙니다.

관계에 집착하지 마십시오. 진정한 친구가 없다고 인생이 망가질 일은 없습니다. 내 인생에 모든 걸 줄 수 있는 친구 한 사람에게 목매달다가는 오히려 그 집착 때문에 목을 졸릴 수 있습니다. 대신 여러 친구를 다양하게 사귈 필요가 있습니다. 어느 한 관계에 집중하기보다 다양한 관계를 다방면으로 유지하는 편이 외로움을 더는 데 훨씬 도움이 됩니다.

다만 여러 친구를 다양하게 사귀려면 내 마음을 상대에게 얼마큼 줄 것인가, 하는 규칙을 정할 필요가 있습니다. 예컨대 직장 동료를 가족처럼 여겨서는 곤란합니다. 직장 동료는 일을 같이 하는 사람일 뿐입니다. 아무리 개인적으로 관계를 깊게 가진다 해도, 일이라는 공동의 목적이 무너지면 그 관계는 오래갈 수 없습니다. 따라서 일을 떠나서 하는 부탁은 사양하십시오. 그가 상사라 하더라도 지혜롭게 피해가십시오. 회식은 참석해야겠지만 팀워크를 핑계로 2차, 3차까지 가자는 말에는 꼭 응할 필요가 없습니다. 나를 희생해가면서까지 동료의 일을 거드는 것도 좋지 않습니다. 서로 도움을 주고받는다고 하지만, 엄연히 각자 할 몫이 있는 직장에서 보상 없이 하는 근무는 결국 누군가에겐 원망으로 남게 마련입니다.

얼마 전 모 대기업 임원으로 일하다가 정년퇴직한 어느 지인의 장례식에 갔습니다. 퇴직하고 몇 년 지나긴 했지만, 전 직장의 동료나 부하는 한 사람도 보이지 않았습니다. 그가 그 직장에서 30년 근무하는 동안 얼마나 많은 사람들과 함께했겠습니까? 그들은 다 어디에 있을까요? 직장 동료는 일하다 돌아서면 남이 되기 십상입니다.

다양한 인간관계에서 필요한 단 하나의 규칙은 모인 목적에 충실하면 된다는 겁니다. 축구 모임에서는 축구를 열심히 하십시오. 환경운동 모임에서 만난 사람들과는 사회 운동에 진심을 다하면 됩니다. 그 이상의 기대는 버리십시오. 기대가 없으면 실망할 일도 없고, 기대가 없기 때문에 작은 일에도 큰 기쁨을 누릴 수 있습니다.

일정한 거리를 두는 게 방법입니다. 직장 동료는 일이라는 기준의 거리, 종교 모임에서는 서로 같은 신앙을 추구한다는 정도의 거리, 동창이나 동호회는 친목의 거리를 두는 것이 좋습니다. 마음 주고 상처받지 마십시오. 마음을 나누는 친구가 있다면 좋지만, 없다면 그 마음을 자기 자신에게 주십시오. 어차피 인생의 외로움은 자기가 짊어질 일이지 친구가 대신 지어주지는 않습니다. 친구는 내 고독하고 외로운 인생을 바라만 봐줄 뿐 함께할 수는 없습니다.

어떨 땐 오히려 나 같은 성직자가 위로가 되어주는 것 같습니다. 많은 사람이 정말 힘들고 외로울 때 나를 찾는 걸 보면 알 수 있습니다. 그들을 만나서 내가 해줄 수 있는 것은 들어주고 옆에 있어주는 일 외에는 없습니다. 그러나 그들은 위로받고 평화로워집니다. 신부를 만나서 위로가 된다니 얼마나 다행한 일입니까. 꼭 사람이 아니어도 됩니다. 음악을 듣고, 공연을 보고 있노라면 위로가 됩니다. 장애인에게 봉사하는 모임에서 정신없이 활동하다 보면 그 자체로 외로움이 치유됩니다.

친구에 대한 허상에서 벗어나십시오. 집착을 버리고 거리를 둘 때 되레 외로움이 줄어들뿐더러, 소원하던 관계가 전보다 더 나아질 수 있습니다.

함부로
용서하지
마라

용서보다 상처받은 내 마음을 돌보는 것이 우선입니다

우선 지칠 때까지 미워하십시오.
마음 안의 분노가 사라질 때까지 미워해도 괜찮습니다.
상처가 사라지기까지 내 아이를 돌보듯 나를 보살펴야 합니다.

고백소에서 신자들의 고백을 듣고 있노라면 고백하지 않아도 될 일, 아니 고백해서는 안 되는 일, 더 나아가 자기 죄가 아닌 일인데도 죄인 줄 착각하고 고백하는 경우가 많습니다. 가만히 들어보면 백이면 백, 누군가를 용서하지 못하고 있다는 고백입니다.

용서할 수 있다면야 참 좋겠지만, 마음으로부터 용서가 되지 않는 것을 두고 죄라고 생각해서는 안 됩니다. 이해당사자에게 명백히 상처를 받아 속으로 피를 질질 흘리면서, 오히려 상대방을 용서하지 못해 괴로워하는 것은 잘못되어도 한참 잘못된 모습입니다.

용서 못하겠다고 고백하는 사람들에게 "이렇게 고백하면 상대방이 용서가 되십니까?", "미움이 사라질 것 같습니까?", "그를 용서 못하는 본인이 정말 죄인이라고 생각하십니까?"

하고 약간 격앙된 어조로 폭풍 질문을 던지면 "아니요" 하고 본심이 나옵니다. 심지어 10년째 같은 고백을 하고 있다며, 지금도 상대방이 너무 죽이고 싶을 만큼 미워서 견딜 수가 없다고 울먹이는 사람도 있었습니다. 그 사람은 울먹이는 와중에 또 내게 물었습니다. "성경에 원수도 용서하라고 나와 있는데, 용서를 못하니 죄인이 아닙니까? 제가 용서를 못해서 그 벌로 화병이 생긴 게 아닐까요?"

말도 안 되는 소리입니다. 잘못한 게 없는 사람이 왜 벌을 받습니까? '용서'에 대해 잘못 알고 있는 사람들이 참 많은 것 같습니다. 나는 화병까지 얻었다는 그 사람에게 이렇게 말해줬습니다.

"화병 유발자는 당신에게 피해를 준 상대방이지 하느님이 아닙니다. 용서를 안 했기 때문에 하느님이 화병을 줬다니, 말도 안 되는 생각은 절대 하지 마십시오. 먼저 본인 응어리가 풀릴 때까지 뭐든 하세요. 상대를 응징해야 풀리겠거든 그렇게 하세요. 내 속이 썩어 문드러지는데, 그 상처는 돌볼 생각을 하지 않고 끙끙 앓다니 무슨 짓입니까?"

60대 초반의 한 부인은 결혼 생활 내내 바람만 피우던 남편이 사업 실패로 3년 전부터 방구석에 들어앉았는데, 그 뒤통

수만 봐도 울화통이 터져서 견딜 수가 없다고 합니다. 시부모 병수발에, 시동생 뒷바라지에 온갖 고생을 다하는 동안 남편은 밖으로 돌며 딴 집 살림까지 했습니다. 한번은 내연녀가 집까지 찾아와 머리채를 붙잡고 헤어지라며 욕설을 퍼부은 적도 있었다고 합니다. 그런 기억부터 시작해 자기를 무시한 남편에 대한 기억이 시도 때도 없이 떠올라 도저히 살 수가 없다고 했습니다. 그러면서 남편을 용서 못하는 자기 죄를 용서해달라고 합니다.

또 어떤 중년 남성은 권리금 1억 원으로 건물을 임대해 장사를 했는데, 장사가 좀 잘되니 건물주가 권리금 한 푼 주지 않고 내쫓았다고 합니다. 그 건물주가 미워서 요즘 불면의 밤을 보내고 있다며, 그를 용서 못하는 죄를 용서해달라고 합니다.

미치고 환장할 노릇입니다. 어디 모자란 사람이 아니고서야 이럴 때 쉽게 용서가 되겠습니까. 나는 그랬습니다. 법으로 응징할 수 있으면 당연히 그렇게 하고, 그렇게 해결될 게 아니라면 평생 배운 욕을 다 써먹어도 되니, 욕이라도 실컷 하라고 말입니다.

"잘못은 다른 사람이 했는데, 왜 이를 두고 용서하지 못해 괴로워합니까? 용서는 본인 속이 다 풀리고 상대가 진심으로 잘못했다고 빌 때, 그때 해도 늦지 않습니다."

물론 그런다고 화가 풀리지는 않습니다. 그러나 중요한 건 내가 지금 몹시 상처받았다는 것을 먼저 인정하는 일입니다. 내가 화병이 걸려 죽게 되었다는 것을 스스로 진단하고 인정할 줄 알아야 합니다. 남을 용서하기 전에 먼저 해야 할 일은 상처받은 내 마음을 지키고 보듬는 겁니다. 스스로 자신을 돌보지 못하는 사람은 남을 용서할 수도 없습니다.

성당이든 교회든 절이든, 무조건 용서를 강요하면서 용서하지 못하면 죄라고 가르치는 건 옳지 않다고 생각합니다. 어떤 사람이 몽둥이로 엄청 두들겨 맞고 피를 철철 흘리고 있는데, 상처를 돌보고 놀란 가슴을 달래주는 것이 우선이지 "때린 자를 용서하십시오. 용서 안 하면 죄입니다"라고 말하는 것이 맞습니까?

물론 용서할 수 있다면 용서하는 게 좋습니다. 그러나 용서는 스스로를 온전히 치료한 후에 할 수 있는 인격적 행위이지, 화병 중환자가 할 일은 아닙니다. 화병을 치료하고 화를 푸는 게 먼저입니다. 중간 단계는 확 생략하고 남을 미워하는 건 죄이니 무조건 용서해야 한다고 (자의든 타의든) 강요하는 것은 가능하지도 않을 뿐더러 고통을 더 자초하는 길일 뿐입니다.

잘못을 저지른 사람이 반성할 수 있도록 강하게 지적하는 건 죄가 아니라 오히려 사랑의 표현입니다. 맹목적으로 용서하려는 건 사랑이 아닙니다. 이렇게 말하면 또 매일 욕하고 싸우면서 살라는 말이냐며 의아해들 합니다.

그러나 걱정할 필요 없습니다. 내가 만난 대부분의 사람들은 용서하지 않아도 된다고 생각한 순간(그게 죄가 아니라는 걸 인정한 순간), 이미 마음의 질서를 잡고 안정을 찾곤 합니다. 참고 용서해야 한다는 강박에 사로잡혀 있을 때에는 남편이, 건물주가 자기 속에 들어앉아 한시도 떠나질 않아 속이 시끄러웠는데, 용서하지 말고 욕을 해주어도 된다는 생각을 하는 순간 그들이 머릿속에서 사라지더라는 겁니다.

흔히 진정한 용서는 잊는 것이라고 합니다. 잊는다는 건 뇌리에서 없애는 것인데, 되지도 않는 용서를 하겠다고 계속 생각하게 되니 잊기는커녕 화병이 되고 맙니다. 사랑만 담기도 모자란 마음에 왜 쓰레기를 담고 화병을 키운단 말입니까.

용서하기 전에 먼저 자신을 돌아보십시오. 있는 그대로의 나, 상처 받은 나를 인정하고 안아줘야 합니다. 자기와의 화해 없이 행복한 인생을 살 수 없기 때문입니다.

행복은 솔직한 자기와의 여행입니다. 상처 받은 나는 정의의 이름으로 치유하고 잘 도닥여주고, 예쁜 구석이 있는 나는 자랑스러워하며 조금 우쭐대고 사는 것이 행복입니다. 내가 잘못한 게 없고 당당한데 뭐가 걱정입니까. 설사 잘못한 일이 있으면 반성하고 생각을 고쳐먹으면 그만입니다. 행복 여행에 가장 불행한 동반자는 '내가 아닌 나'입니다. 비겁함을 정의로움으로 착각한 나와는 하루 빨리 헤어지십시오.

'소유'보다
'공유'가
좋은 이유

의미 있는 삶은 '나' 아닌 '우리'에서 찾을 수 있습니다

사람은 홀로 살 수 없는 존재입니다.
내 곁의 누군가에게 영향을 주고받으며 살아갑니다.
그리고 그 영향이 선하고 바른 것일 때 살아갈 힘을 얻습니다.

빅터 프랭클이라는 정신분석학자가 있습니다. 유대인이었던 그는 제2차 세계대전 때 나치 수용소에서 인간이 겪을 수 있는 가장 끔찍한 비극을 모두 겪었습니다. 아내는 다른 수용소로 옮겨진 후 죽었고, 아버지와 어머니는 아우슈비츠 가스실에서, 남동생은 강제 노역 중에 사망했습니다. 유일한 생존자인 여동생은 전쟁이 끝나고서도 한참 뒤에야 만날 수 있었습니다. 가진 모든 것을 송두리째 빼앗긴 채, 살을 에는 추위와 굶주림, 한시도 떨칠 수 없는 가스실의 공포를 견디며 그는 어떻게 삶을 이어갔을까요?

훗날 그는 말했습니다. "주어진 상황은 바꾸지 못하지만, 그 상황을 어떤 태도로 받아들이느냐는 오로지 인간의 의지에 달렸다." 수용소에서 나온 그는 자신이 겪은 죽음의 체험을 토대로 사람을 살게 하는 궁극적인 계기를 책으로 정리했습니다.

그는 '삶의 의미'와 '책임'이 있으면 인간은 어떤 상황도 견딜 수 있으며, 그로 인해 보다 성숙한 인간이 될 수 있다고 결론짓습니다.

그가 죽음의 수용소에서 살아남을 수 있었던 건 빵 때문이 아니었습니다. 그보다 잘 먹고 편하게 지낸 사람들은 계속 죽어나갔지만, 자신의 존재가 의미 있고 또한 내가 책임질 무엇이 있다는 믿음은 그를 끝내 살아남게 했고, 그의 삶은 정신적으로 방황하며 고통 받는 많은 이들에게 삶의 나침반이 되어주었습니다.

그렇습니다. 사람은 빵만으로 사는 존재가 아닙니다. 삶의 의미가 없으면 인간의 삶은 공허하고 불행해집니다. 그래서 우리 모두는 본능적으로 내 삶의 가치, 존재의 이유를 찾습니다.

그렇다면 과연 우리 삶의 가치와 의미는 무엇일까요? 정답은 없습니다. 사람마다 그 의미는 다르고, 그것을 찾는 건 각자의 몫입니다.

하지만 삶을 이루는 여러 가지 의미 중에 가장 굳건한 것이 있습니다. 나 스스로를 넘어 헌신할 수 있는 다른 대상 말입니다. 사람은 각각 홀로 존재하는 것처럼 보이지만 그렇지 않습니다. 내 곁의 누군가와 영향을 주고받으며 살아갑니다. 그리고 그 영향이 선하고 바른 것일 때 살아갈 힘을 얻습니다. 예를 들자면 자식이 그런 존재입니다. 자식은 부모가 살아가는 의미가 됩니다. 여기서 한 발 더 나아가 헌신할 수 있는 대상이 가족에서 이웃으로, 이웃에서 생면부지의 타인으로 확산될 때 그 의미는 더 굳건해지고 누구도 침범할 수 없는 행복을 맛보게 합니다. 즉, '나' 자신만으로 가득 차 있던 가슴에 '너'를 새기고, 그 너를 계속 늘려나가면 행복은 더 가까워지고 삶다운 삶을 살게 되는 거지요.

그래서 우리 모두에겐 진심을 다해 나를 내어줄 수 있는 '너'가 필요합니다. 이를 모른 채 세상에 저 혼자만 있는 것처럼 사는 사람은 (아무리 잘 사는 것처럼 보여도) 결국엔 공허함만 느끼게 됩니다. 그 공허함을 이기지 못한 나머지 우울증에 빠지거나 신경질적으로 주변 사람들을 괴롭히게 되지요.

이렇게 말하는 나도 '너'가 없으면 '나'도 존재의 의미를 찾을 수 없다는 진실을 발견하는 데 꽤 오랜 시간이 걸렸습니다. 성직자로서의 의무를 지키며 살려고 노력했지만, 사실 내 가슴 안에 의미 있는 '너'라는 존재를 담지는 못했습니다. 입으로는 사랑을 말하면서도 진심을 다해 나 아닌 다른 대상에게 헌신하지는 않았습니다. 이왕이면 내게 좀 더 좋은 선택을 했고, 이 한 몸 편하자고 게으름을 피웠던 것도 사실입니다. 그러다가 어느 순간, 나를 가장 우선에 두고 나 자신만 사랑하는 삶이 정작 스스로에게 아무런 기쁨을 가져다주지 않는다는 사실을 깨달았습니다.

약 15년 전의 일입니다. 한 방송사에서 신부가 등장하는 드라마를 제작한다며 내게 자문을 요청했습니다. 그 드라마에서 신부 역할을 했던 사람이 배우 손현주 씨였지요. 성향이 비슷했던 우리 두 사람은 드라마를 계기로 무척 가까워졌습니다. 당시 손현주 씨는 지금처럼 누구나 알아볼 만큼 아주 유명하지는 않았습니다(손 배우에겐 미안한 말이지만 내 눈엔 그렇게 보였습니다). 촬영이 없는 날에는 함께 북한산에 오르기도 하고, 한강 변으로 자전거 하이킹을 나가기도 하고, 가끔은 저녁에 술자리도 하면서 재미있게 지냈습니다. 하지만 서로 가치관을 공유하며 즐겁게 지내면서도 마음 한편에는 무언가 채워지지 않는 갈증이 있었습니다(아마 손현주 씨도 저와 비슷하지 않았을까 싶습니다).

그러던 어느 날 식사 자리에서 대학에서 합창 지휘를 공부했다는 한 젊은 친구가 동석하게 되었습니다. 그 친구를 본 순간 갑자기 작은 아이디어가 머리를 스쳤지요. "손 배우, 우리

착한 일도 좀 하면서 놀면 어떨까? 명색이 그래도 신부인데 이렇게 놀기만 하다가는 지옥 갈 것 같다는 생각이 들어. 마침 좋은 생각이 났는데, 손 배우도 함께하면 어떨까?"

손 배우는 일말의 여지도 없이 "콜"을 외쳤습니다(참고로 손현주 배우는 기독교 집사입니다). 우리는 발달 장애를 가진 어린이들을 모아 합창단을 만들기로 했습니다. 전국에 어린이 합창단이 200개도 넘는데 장애인, 특히 발달 장애 어린이가 입단할 수 있는 곳은 단 한 군데도 없었습니다. 손 배우와 합심해 2004년 창단한 '에반젤리 장애어린이 합창단'이 올해로 12주년을 맞습니다. 스물일곱 명으로 출발해 지금은 100명 규모의 큰 합창단으로 성장했습니다. 10년이 넘는 시간 동안 세상에 대한 두려움으로 마음을 닫아버린 장애 어린이들이 노래를 통해 세상에 한 발짝 다가서고 성장하는 모습은 우리 두 사람에게 너무도 큰 감동과 기쁨을 주었습니다.

손현주 씨는 배우로서 한창 바빠진 지금도 전과 변함없이 에반젤리 일에 열심입니다. 대중에게 얼굴이 알려진 배우에게 시간은 곧 돈입니다. 하지만 그는 아무리 일정이 바빠도 에반젤리에 관한 일이라면 만사 제쳐두고 달려옵니다. 그에게 에반젤리 아이들은 '나'를 아낌없이 헌신할 수 있는 '너'인 겁니다. 그는 가슴 깊이 에반젤리 아이들을 품은 채 12년을 살아왔습니다. 그로 인해 다른 일을 미루거나 포기한 적이 틀림없이 있을 텐데도, 아무 언급도 하지 않습니다. 오히려 그 시간들이 조금도 아깝거나 후회되지 않는다고 말합니다. 이 아이들로 인해 너무 행복하고, 살아야 할 이유까지 찾게 되었다고 말하는 그를 보며 나 역시 힘을 내, 내 안에 '너'를 새기는 일에 박차를 가합니다.

초창기 에반젤리 아이들은 이제 한층 자라 조금 있으면 어엿한 사회인으로 세상에 나갈 채비를 하고 있습니다. 손 배우는 이제 또 그 아이들이 힘을 내 세상에 힘찬 첫발을 내디딜 수 있도록 물심양면으로 애를 쓰고 있습니다. 생각하건대 손 배우 가슴 안의 '너'는 더 깊게 자리하게 될 것 같습니다. 그로 인해 그의 삶도 보다 행복해지겠지요(가끔은 그런 그가 부럽기까지 합니다).

개인적으로 '공유'라는 말을 참 좋아합니다. '소유'의 반대말 같아서입니다. 소유라는 말에는 '나'만 있지만, 공유라는 말에는 '너'가 있습니다.

지금 내 삶이 뭔가 채워지지 않은 갈증 때문에 불행하다면 휴대전화에 저장된 이름들을 찬찬히 살펴보십시오. 그중에 내 안에 아로새길 '너'는 몇이나 될까요?

고백하건대 이전의 내겐 거의 없었습니다. 그의 불행이 내 불행으로 여겨지고, 그의 행복이 곧 내 행복으로 여겨질 만한 존재는 찾아볼 수 없었습니다. 그래서 억지로라도 내 안에 '너'를 구겨 넣기로 마음먹고 찾은 것이 에반젤리 아이들이었습니다. 의무적으로 시작한 일이었지만, 손 배우와 마찬가지로 나 역시 에반젤리 친구들을 만난 뒤로 삶이 변하기 시작했습니다. 조금이라도 편한 것만 찾던 생활 태도가 바뀌었고, 돈 씀씀이도 내 중심에서 에반젤리 아이들 중심으로 변했습니다. '소유'에서 '공유'로 갈아탄 셈이지요. 지금 와 생각해보면 왜 더 빨리 갈아타지 않았을까 싶습니다. 너무 기쁘고 행복하니 말입니다.

내 안에 '너'를 새기고 소유에서 공유로 갈아탈 때 알게 되는 놀라운 기쁨은, 나만 위하며 살 때 느끼는 순간적인 쾌락과는 차원이 다릅니다. 아무리 말을 한들 귓전으로 흘리면 그만이지만 꼭 한 번 실행에 옮겨보길 바랍니다. 한번 맛보면 빠져나올 수 없는 궁극의 행복을 알게 될 테니 말입니다.

천직을
찾는
단 하나의 기준

백 번을 실패해도 괜찮습니다, 멈추지만 않는다면

재능을 찾는 과정에서 어떤 일을 시도했다가
중도에 그만두는 것은 '포기'가 아니라 '변경'입니다.
그런 변경은 얼마든지 해도 됩니다.

사람이 평생 동안 일하는 시간이 얼마나 될까요? 영국의 일간지 〈더 선THE SUN〉에 따르면 인간의 평균수명을 80년으로 봤을 때 그중 일하는 시간은 26년(시간으로 치면 22만 7,760시간)으로, 일생 중 가장 많은 시간을 일을 하며 보낸다고 합니다. 잠자는 시간은 25년으로 두 번째였습니다. 모르긴 몰라도 한국은 이보다 더하지 않을까요? 세대에 따라 차이는 있겠지만 우리는 깨어 있는 시간 대부분을 일하면서 보냅니다.

그렇다면 어떤 직업을 택하느냐가 인생의 행불행을 결정한다고 해도 과언이 아닐 것 같습니다. 행복한 인생을 위해 어떤 직업을 택해야 할까요?

불교에서는 현재의 직업은 전생에 자기가 했던 일이라고 합니다. 목수의 재능을 잘 발휘하는 사람은 전생에 목수였다는 겁니다. 전생의 목수가 현생에 목사를 하면 이치에 맞지 않는다고 말합니다. 즉, 불교의 가르침은 누구에게나 천직이 있으니 그것은 전생에 했던 일이고, 그것이 무엇인지 찾아서 현생의 직업을 고르는 것이 최선이라는 겁니다. 전생에서 이미 했던 일이니 현생에서는 더 잘한다는 의미이겠지요.

아는 스님께 "전 전생에 무엇을 하고 살았을까요?" 하고 물었더니 "지금 사제 일을 이만큼 잘하시는 걸로 봐서 신부님은 전생에 틀림없이 스님이었을 겁니다"라고 했습니다. 스님 말씀대로라면 나는 다행히 천직을 찾은 듯합니다.

천직이 전생에 하던 일이라는 것. 어느 정도 일리가 있다고 봅니다. 재능은 타고나는 것이고, 타고난다는 것은 태어나기 전에 이미 갖추었음을 의미하니, 곧 전생이라고 볼 수도 있을 것 같습니다.

그런 의미에서 불교에서 이야기하는 전생의 직업을 찾는 일은 참 흥미롭습니다. 과연 내 전생의 직업은 무엇이었을지, 타고난 재능이 무엇인지(남보다 더 잘하는 일이 무엇인지) 찾는 게 재미있을 것 같지 않습니까?

문제는 남보다 월등한 능력을 찾는 게 쉽지 않다는 겁니다. 적성검사 따위는 그저 내 성향을 알아보는 정도의 기능일 뿐,

정확히 내 재능을 찾아주지는 못합니다.

자기 재능을 찾기가 어려운 건 '잘하는 일'과 '좋아하는 일'을 혼동하기 때문입니다. 가장 좋은 건 잘하는 일과 좋아하는 일이 일치하는 건데, 사실 그걸 확인하기도 쉽지 않습니다. 어떤 사람들은 "타고난 재능보다는 좋아하는 일을 찾는 게 우선이다. 좋아하는 일을 찾아 열심히 노력하면 얼마든지 능력을 키울 수 있다"고 주장합니다. 하지만 나는 이왕이면 타고난 재능, 그러니까 남보다 더 잘하는 일을 찾아 그에 맞는 직업을 택하는 게 좋다고 봅니다. 절대 음정을 타고났는데 돈벌이가 안 된다고 음악을 하지 않고 고액 연봉의 회사원이 된다면 불행하지 않을까요?

아는 지인 중에 베스트 급에 속하는 기타리스트가 있습니다. 이 사람은 중학교 때 아버지에게 기타리스트가 되고 싶다고 말했습니다. 아들의 말을 들은 아버지는 당대 최고라 일컬어지는 기타리스트를 데려와 아들을 테스트했는데, 그분 입에서 "이 아이는 천재입니다"라는 말이 나왔습니다.

그 말을 들은 아버지는 그에게 중학교까지만 다니고 기타 공부를 하라고 말씀하셨답니다. 그 기타리스트는 이렇게 말했습니다. "학교를 그만두려니 처음에는 불안했는데, 돌이켜보니 다른 형제들처럼 학교 공부를 계속했더라면 제 인생은 너무 불행했을 겁니다."

목구멍이 포도청인데, 어느 세월에 재능을 찾고 있느냐고 반문할 수도 있습니다. 이미 오래전에 직업을 선택했기 때문에 현실적으로 인내하면서 살 수밖에 없는 사람이 많다는 사실도 압니다. 그렇더라도 천직을 찾는 노력은 멈추지 말아야 합니다. 노력하다 보면 제2의 인생을 선택할 기회는 분명히 찾아옵니다.

"저는 제가 뭘 잘하는지 모르겠어요."

젊은 친구들이 종종 이런 고민을 털어놓습니다. 이때 나는 되묻습니다. "잘하는 게 없으면 큰일 나나?"

잘하는 게 없는 것이 어쩌면 더 편할지 모릅니다. 딱히 잘하는 게 없으면 주어진 일에 편견 없이 임할 수 있기 때문입니다.

나는 그런 사람들에게 일단 그나마 내가 좋아한다고 생각되는 일부터 시작해보라고 말해줍니다. 일단 시작하고, 내가 이 일에 어느 정도 실력이 되는지 남과 견주어 보라는 거지요. 실력이 떨어진다 싶으면 다른 것을 찾아 또 시도해보라고 말해줍니다. 그렇게 계속 시도하다 보면 이거다 싶은 일이 나타나게 되어 있습니다. 재능을 찾는 과정에서 어떤 일을 시도했다가 멈추는 것은 '포기'가 아니라 '변경'입니다. 그런 변경은 얼마든지 해도 됩니다. 천직이라고 느껴지는 직업을 찾을 때까지 자신 있게 변경하십시오.

그런데 천직을 찾은 것만으로 끝이 아닙니다. 그 분야의 달인이 되는 건 또 다른 문제이기 때문입니다. 재능에 맞는 직업을 찾았다고 해도, 일을 하다 보면 좌절도 있고 지루함도 따라옵니다. 처음에는 정말 내 일이라고 믿었는데, 하면 할수록 내 길이 맞나 하는 의심에 변심을 꿈꾸게 됩니다. 이런 위기의 순간을 이겨내야만 내가 택한 일이 진짜 천직이 됩니다. 만일 역경을 견디지 못해 포기하면 천직이 당신을 버립니다.

37년 전에 신부가 되겠다고 가톨릭대학에 들어갔습니다. 신학생 생활이 쉽지 않았지만, 그만두고 싶을 만큼 힘들지는 않았습니다. 그런데 고학년이 되니 "진짜 이 길이 내 길이 맞나?" 하는 의문이 들었습니다. 신부로서의 재능은 분명히 있는 것 같았지만, 성직은 기술자처럼 재능만 가지고 되는 것은 아니라는 생각이 들었습니다. 스스로 생각해봐도 나는 너무 세속적이었습니다. 남을 사랑하기보다 나 자신을 먼저 챙기고, 놀기 좋아하고, 심지어 여자에 대한 관심도 지대해 유혹에 빠지지 말게 해달라는 기도를 달고 살았습니다. 급기야는 직업을 바꿔야 할지 모른다는 생각에까지 미쳤습니다. 그때 지도 신부님께 이 고민을 털어놓았습니다. 내 얘기를 들은 신부님께서는 아무렇지도 않은 얼굴로 말씀하셨습니다. "다른 신부들도 똑같아. 그러니 걱정하지 말고 열심히 공부나 해."

신부님 덕에 다행히 위기를 넘겼지만, 생각해보면 다른 직업에서도 마찬가지일 것 같습니다. 천직이 굳건히 자리 잡으려면 이런 위기는 한 번쯤 겪어야 합니다. 이때는 의심하지 말고 거북이 경주하듯 꾸준히 정진해야 합니다.

이제 스스로에게 물어봅시다. 내 천직은 무엇일까요? 지금 내가 하는 일은 과연 내 천직이 맞을까요?

질문에 답을 찾기 어렵다면 한번 저질러보십시오. 가진 걸 다 걸고 저지르는 건 부담스러우니, 내가 감당할 수 있는 범위 안에서 이런저런 시도를 해보십시오.

천직을 찾는 건 결코 시간 낭비가 아닙니다. 오히려 인생을 즐겁게 사는 가장 좋은 방법입니다. 결혼을 사랑하는 사람과 해야 행복한 것처럼, 직업 역시 재능에 따른 천직을 택해야 행복할 수 있습니다.

행복한
죽음을
맞이하는 법

거울에 비친 당신 얼굴을 확인하십시오

오늘 산 나의 삶에 따라 거울에 비친 내 모습이 달라집니다.
하루를 마감하고 거울에 비친 나를 보고 있으면
언젠가 닥칠 죽음의 모습을 예견할 수 있습니다.

"신부님은 죽음이 두렵지 않으세요?"

얼마 전 나이 든 말기 암 환자 분에게서 받은 질문입니다.

사람은 본능적으로 모르는 것에 두려움을 느낍니다. 의학과 과학이 아무리 발전했다고 해도 죽음은 여전히 미지의 세계입니다. 세상 어떤 사람도 죽음을 앞서 경험해본 이는 없습니다. 무덤에 묻혔던 이가 다시 깨어나 증언하지 않는 한, 사실 죽음에 대해 명확히 알기란 불가능합니다. 하지만 언젠가 찾아올 죽음을 웃는 얼굴로 당당히 맞을 수는 있다고 봅니다.

직업상 죽음을 참 많이 봐 왔습니다. 신부가 제일 많이 하는 일은 죽음을 앞둔 사람들을 찾아가 행하는 종부성사(임종 전에 치르는 천주교 의식)입니다. 신부들은 24시간 전화기를 켜두어야 합니다. 급한 임종은 대개 밤과 새벽 사이에 일어나기 때문에, 취침 중에라도 항상 대기모드로 해 둡니다.

30년 가까이, 많게는 한 달에 수차례씩 임종을 지켜보다 보니 죽음을 목전에 둔 얼굴을 보면 바로 알 수 있습니다. 이분이 지금 천당으로 가고 있는지 지옥으로 가고 있는지 말입니다. 차분하고 평안한 얼굴로 떠날 채비를 하는 사람이 있는가 하면, 초조하고 불안한 눈빛으로 나를 바라보며 두려움에 떠는 사람도 있습니다.

그들의 얼굴을 마주할 때면 죽음 직전의 얼굴이 평생 살아온 인생의 지도라는 생각이 듭니다. 평생 남의 가슴에 못 박는 일 없이 주어진 삶에 감사하며 산 사람은 떠나는 길의 표정도 평화롭고 행복해 보입니다. 웃음으로 생긴 잔주름과 잔잔한 입가의 미소가 눈물겹게 아름답습니다.

그러나 자기만 위하고 가족과 이웃을 외면하며 살았거나, 성공을 추구하느라 자신을 돌보지 못하고 내면의 자아를 학대하며 산 사람은 마지막 생명 줄을 부여잡고 괴로워합니다. 죽음 직전에 지나간 날들이 후회스러워 편히 떠날 수가 없는 거지요. 표정에 괴로움과 회환이 가득하지만, 종교의식 한 번으로 그 표정을 바꿀 수는 없습니다. 잘못 살아온 삶의 대가를 생의 마지막 순간 고스란히 받아야 합니다. 그런 의미에서 볼 때, 내가 살아온 삶의 모습이 곧 언젠가 맞이할 내 죽음의 모습이라고 할 수 있습니다.

　그래서 나는 사람들에게 종종 이런 이야기를 합니다.

　"거울 속 얼굴을 가만히 들여다보세요. 그 얼굴이 바로 당신이 죽을 때의 얼굴입니다."

　비슷해 보일지 몰라도 찬찬히 응시하면 거울 속 내 모습은 매번 다릅니다. 주어진 삶에 감사하면서 최선을 다해 열심히 산 날이면 거울 속 내 얼굴이 빛이 납니다. 주름도 좀 없어진 것 같고 눈가에 생기가 돌지요.

　그러나 나만 생각하느라 가까운 사람을 등한시했거나, 불평불만으로 하루를 보낸 날이면 거울에 비친 낯빛이 어둡습니다. 지친 기색 때문에 주름도 더 있어 보이고 분노, 억울함, 후회 등 부정적인 감정 때문에 눈빛도 흐려 보입니다.

　하루가 모여 인생이 된다고 생각하면, 결국 매일매일을 잘 살면 인생을 잘 사는 게 됩니다. 인생을 잘 살면 곧 마지막 순간에도 행복한 죽음을 맞이할 수 있습니다.

　결국 죽음의 두려움을 없애는 가장 좋은 방법은 오늘 하루 주어진 삶을 잘 사는 겁니다. 매 순간 있는 힘껏 잘 살면 죽음의 공포는 자연스럽게 사라집니다. 죽음의 공포 대신 '한세상 잘 살았다'는 충만감이 자리하게 되지요.

일전에 일주일 정도 단식을 한 적이 있습니다. 이틀이 지날 무렵부터 물맛이 그렇게 좋을 수 없었습니다. 이렇듯 결핍은 아주 작은 일에도 우리를 감사하게 합니다. 결핍 중 최고의 결핍은 죽음입니다. 죽음이 예고 없이 찾아든다는 것을 늘 기억한다면 우리 삶은 감사한 일로 넘쳐납니다. 감사한 마음을 갖게 되면 살아있다는 자체만으로도 삶은 즐거워집니다.

나는 내 삶이 감사와 동떨어지고 이기심이 내 안에 움튼다 싶으면 멀리 히말라야를 갑니다. 히말라야에서 험준한 트레킹을 하다 보면 죽음에 이를 수도 있는 위험한 상황을 목도하게 됩니다. 천길 아래 계곡을 보면서 800미터나 되는 외줄 다리를 건너야 하거나, 낭떠러지를 바로 옆에 두고 이동하다가 전복된 트럭을 마주하거나, 영화에서나 볼 법한 눈사태가 바로 눈앞에서 일어나거나 하는 등이지요. 이런 위험한 현장에 있으면 죽음을 생각하지 않을 수가 없습니다.

그렇게 죽음, 즉 생명이 최고로 결핍된 상황에 놓이면 내가 무심코 흘려버린 삶이 너무나 소중해집니다. 생명에 대한 간절한 바람이 마음 깊이 솟아납니다. 어쩌면 나는 생명의 결핍 상황을 만들기 위해, 죽음을 간접 경험하며 삶의 소중함을 배우기 위해 산을 오르는 건지도 모릅니다. 죽음의 두려움을 극복하기 위해 두려움을 찾아가는 꼴이지요.

히말라야를 다녀오면 이기적으로 순간적인 즐거움만 추구하려들던 내 자신이 정화된 느낌이 듭니다. 거울 속에 비친 내 모습도 한결 나아집니다.

하루를 살더라도 당당하게, 진심을 다해 사랑하며 사는 것이 곧 죽음의 두려움을 극복하고 행복한 마지막에 이르는 방법입니다. 하지만 언젠가 죽는다는 지극히 당연한 사실을 망각하며 사는 우리는 자주 유혹에 빠집니다. 그냥 좀 편하게, 순간의 이익을 따라 살려고 합니다. 내가 힘들다는 이유로 가족도 귀찮아하고 이웃도 외면합니다.

이런 삶이 계속되면 생명의 결핍, 삶의 소중함을 영영 모른 채 살게 됩니다. 마지막 순간에 이르러서야 허둥대며 떠나지 않으려고 발버둥치게 되지요.

이렇게 말하는 나 역시 매 순간 잘 사는 건 아닙니다. 매일 잠들기 전 죽음을 떠올리면 어느 날은 많이 두렵고, 어느 날은 그런대로 덜 두렵고, 어느 날은 두려움 없이 당당합니다. 그날 하루를 어떻게 살았느냐에 따라 죽음에 대한 두려움의 강도는 이렇게 달라집니다. 어떻게 보면 죽음 자체가 삶의 원동력이 된다고 할 수 있습니다.

그런 의미에서 죽음을 외면하고 두려워할 것이 아니라, 늘 삶의 곁에 두고 되새기며 살아야 합니다. 오히려 가까이에 두고 거울을 들여다보듯 매일매일 명상하며 살아야 합니다. 죽음에 대한 명상과 친해지면 삶이 풍요로워지고 매 순간이 감사해집니다. 그런 순간이 모여 내 삶을 채울 때 우리는 죽음을 행복하게 맞이할 수 있습니다.

모든
흙수저들에게 보내는
응원가

정당한 원망을 부끄러워하지 마십시오

스스로를 책망하지 마십시오.
남 탓하지 않고, 내 인생을 책임지려고 애쓰는 것만으로
우리는 칭찬받아 마땅한 존재입니다.

수년간 공무원 시험 준비를 해오던 A군. 그는 부모님의 뒷바라지를 받으며 밤낮으로 공부한 끝에 드디어 군청에 출근하게 되었습니다. 적은 월급이었지만 매달 꼬박꼬박 생활비를 보태고 부모님께 용돈도 드렸습니다. 그런데 1년 후 A군은 모텔 화장실에서 스스로 목숨을 끊었습니다. 싸늘히 식은 그의 주검 곁에 유서 한 장이 발견되었지요.

'공무원 시험에 합격했다는 건 거짓말이었어요. … 이렇게 부모님 마음을 아프게 해서 죄송합니다.'

A군은 가족들에게 시험에 또 떨어졌다는 말을 할 수 없었습니다. 그래서 시험에 합격했다고 거짓말을 하고는, 매일 아침 출근한다며 집을 나와 길 위를 떠돌았습니다. 그러기를 꼬박 1년. 매달 부모님께 드린 생활비와 용돈도 실은 대부업체를 통해 마련한 것이었습니다.

올해 초 많은 사람들을 가슴 아프게 했던 한 젊은이의 이야기입니다. 신문 사회면에 작게 실렸던 이 사건이 유독 사람들에게 관심을 받았던 건 벼랑 끝에 내몰린 그의 고통이 그 혼자만의 이야기가 아니기 때문입니다. 흙수저라 불리는 이 시대 모든 젊은이들의 자화상이 아닐까요?

개천에서 용났다는 말은 이제 옛말입니다. 복권에라도 당첨되지 않는 한, 아무리 노력해도 쥐구멍에 볕들 날을 기대할 수 없습니다. 부와 가난이 혈연을 통해 대물림되는 건 부인할 수 없는 현실이지요. 그 현실 앞에서 젊은이들은 분노합니다. 그러나 그 분노는 부모에 대한 원망이 아닙니다. 내가 만나본 젊은이들은 절대 이런 일로 부모를 탓하지 않습니다. 오히려 가난을 안고 꿋꿋이 살아온 부모를 애틋하게 생각합니다. 안타깝게 세상을 떠난 A군처럼 말이지요. 우리나라뿐 아니라 전 세계 어느 나라의 젊은이도 마찬가지라고 생각합니다.

일전에 SNS를 통해서 어떤 실험 하나를 본 적이 있습니다. 미국의 가난한 지역 어린이 3명에게 지금 제일 갖고 싶은 것이 무엇인지 물었습니다. 아이들은 각각 바비 인형, 로봇 장난감, 게임기라고 대답했습니다. 잠시 후 아이들 앞에 그 물건들이 놓였습니다. 그리고 이어서 실험자가 다시 "너희 엄마들이 갖고 싶은 물건은 무엇이니?" 하고 물었습니다. 아이들은 또 각각 커피머신, 대형 TV, 청소기라고 대답했습니다. 잠시 후 그 물건들도 아이들 눈앞에 놓였습니다. 그리고 아이들에게 세 번째 질문이 떨어졌습니다. "너희들은 이 물건 중에 딱 하나만 가질 수 있단다. 어느 걸 갖겠니?" 내가 원하는 것과 엄마가 원하는 것 중 하나만 가질 수 있다는 말에 아이들은 눈물을 글썽였습니다. 잠시간의 침묵이 흘렀지요. 그런데 얼마 후 아이들은 모두 엄마가 원하는 물건을 선택했습니다.

다섯 살 난 아이조차 가난 앞에서 부모에 대한 사랑을 저버리지 않습니다. 오히려 가여워하고 안타까워합니다. 하물며 청년들은 어떻겠습니까. 작금에 청년들이 흙수저 운운하며 분노를 표하는 건 절대 부모를 탓하거나 돈 많은 부자들을 시샘하는 게 아닙니다. 재산 가진 사람들을 좀 부러워하긴 하지만 불만은 없습니다.

스스로를 책망하는 흙수저들에게 오히려 자신을 대견해하고 자랑스러워하라고 말하고 싶습니다. 열악한 환경이 원망스럽기는 해도, 어떻게든 내 삶을 책임지기 위해 노력하고 있지 않습니까? 갖은 구박을 당하고 휴일도 없이 일하면서도 가족 앞에서는 괜찮다고 웃어 보이는 우리 아닙니까? 그런 고통을 말없이 떠안고 있는 것만으로 자긍심을 갖기 충분합니다.

또 하나, 공정하지 못한 사회의 문제마저 젊은이들에게 떠안기려는 기성세대에게도 한마디 하고 싶습니다. 지금 가난한 젊은이들이 화를 내는 건, 단순한 소득(내지 지위) 격차 때문이 아닙니다. 그 격차가 희망을 포기할 만큼 정의롭지 못하기 때문입니다. 그런 젊은이들을 그저 3포니, 5포니 하며 동정하며 혀를 차는 건 부끄러운 일입니다.

중요한 건 흙수저로 대변되는 우리 젊은이들은 하나도 잘못이 없다는 것입니다. 우리는 정의에 눈 밝고 가족을 사랑하는 아름다운 사람들입니다. 주어진 여건 안에서 자기 계발도 하고 내 인생을 소중히 가꾸어가는 사람들입니다.

그런 사람들이 의기소침할 이유가 없습니다. 떳떳하게 목에 힘주고 살아도 됩니다. 그럼에도 불구하고 정의롭지 못한 사회에 맞서 이겨나가야 하겠지요. 하지만 그런 의무에 앞서 우리 스스로 활기를 찾을 필요가 있습니다. 분노하고 원망만 하며 살기엔 우리 인생이 너무 아깝습니다. 문제 해결도 내게 주어진 시간들을 즐기고 누리는 중에 해야 합니다.

먼저, 잘못한 것 없고 정의로운 우리끼리 자주 모였으면 좋겠습니다. 모름지기 사람은 모였을 때 기쁨을 느끼는 존재입니다. 그리고 따로 떨어져 있을 땐 그 힘이 미미하지만 한데 모이면 영향력 있는 목소리를 낼 수 있습니다. 하루아침에 세상이 바뀌지는 않겠지만, 함께한다는 것만으로 그 여정을 즐길 수 있게 됩니다.

당장 먹고사는 일이 급하고 갈 길이 구만리이지만, 흙수저라는 허울에 사로잡혀 일상의 기쁨들을 포기하며 살지는 않았으면 합니다. 금수저라고 불리는 사람들이 금수저를 가지고 태어났기 때문에 행복한 건 아닙니다. 행불행은 타고난 환경이나 스펙이 아니라 내가 얼마나 정의로운가, 내가 얼마나 사랑하며 사는가에 달렸습니다. 가난하다고 행복을 포기하진 맙시다. 더 정의롭게, 더 사랑하며 사는 것이 우리 흙수저들이 누려야 할 당당한 권리입니다.

세상에 욕심 없는 사람은 없습니다. 문제는 욕심이 지나쳐 과욕이 될 때
입니다. 노력한 한도 내에서 지금보다 나은 삶을 추구하는 것은 얼마든
지 가져도 되는 욕심이지만, 이를 넘어서 남을 기만하거나 피해를 주는
건 피해야 할 과욕입니다. 과욕은 우리 마음에 과부하를 일으킵니다. 내
그릇보다 큰 것을 담으려고 하다 보니 늘 힘이 들고, 주변 사람도 괴롭
히게 됩니다. 기수가 고삐를 당겨 속도를 늦추듯, '노력'과 '기다림' 없
이 무언가 얻으려는 마음을 다스려야 합니다. 시시때때로 우리를 찾아
드는 과욕을 막기 위해 마음의 고삐를 꽉 잡고 계십시오.

4장

어서 오십시오,
홍 신부의
유래한 인생상담실

가족이
날 아프게 해요

Q

3남매 중 막내입니다.
가정 형편이 어려워 어릴 때부터 아르바이트를 해서
집안 살림을 도왔습니다. 이제 겨우 독립해 저축도 하면서
미래를 준비하고 싶은데, 부모님은 돈이 필요할 때마다
다른 형제들은 제치고 저만 찾으십니다.
알아주길 바라는 건 아니지만 서운한 감정이 들어 너무 힘듭니다.

A

　　가족의 사전적 의미는 '부부를 중심으로 한, 친족 관계에 있는 사람들의 집단'입니다. 결혼이란 제도 하에 인위적으로 맺어진 부부를 중심으로, 혈연으로 연결된 사람들을 일컫는 말이지요.

그놈의 핏줄이 뭔지, 우리 나라 사람 대부분은 이 혈연관계에 지나칠 만큼 애착을 보입니다. 가족끼리 별문제 없이 잘 지내면 애착은 긍정적으로 작용하지만, 가족이라고 해서 늘 화목하게 지낼 수는 없습니다. 싸우기도 하고 때로 아픈 상처를 주고받기도 합니다. 이럴 때는 오히려 가족이기 때문에 더 힘들어집니다. 남이라면 넘길 수 있는 문제도, 가족이기 때문에 더 아파하는 경우가 많습니다.

우선 가족에 대해 다시 정의 내릴 필요가 있습니다. 쉽게 말해 스스로에게 물었을 때 돈을 빌려주고 떼여도 아깝지 않은 관계가 진짜 가족입니다. 사람이기 때문에 잠시 아깝다는 생각이 들 순 있지만, 그것으로 인해 밤잠을 자지 못한다면 가족이라고 말할 수 없습니다. 해준 만큼 되돌아오는 것이 없어 서운해할 거면 처음부터 주지 말아야 합니다. 일단 바라는 바가 생기면 불편해지기 시작합니다.

가족을 이루는 근간이 혈연이긴 하지만, 요새 세상에서 혈연에 집착하는 것은 스스로를 불행하게 할 뿐만 아니라 다른 가족 구성원에게도 좋지 않습니다. 혈연을 향한 집착을 희생이라고 착각하는 것은 아닌지 돌이켜보십시오. 할 만큼 다 했다면 놓을 줄도 알아야 합니다.

한편, 나를 아프게 하는 가족에 대해 한 걸음 떨어져 생각해보십시오. 혈연의 인연밖에 없으면서 그것을 무기 삼아 아프게만 하는 사람이 있다면 가족이라고 말할 수 없습니다. 가족이라도 좋은 관계를 유지하려면 서로 사랑이 있어야 합니다.

아들이 결혼해 새 가정을 꾸렸는데 며느리에게 아들을 양도하지 않는 어머니가 있습니다. 결혼 전처럼 매일 아들을 찾으면서 아들 부부에게 상처를 줍니다. 이 어머니는 혈연의 인연만 있을 뿐 진정한 가족이 갖추어야 할 사랑이 부족합니다. 그저 핏줄일 뿐이지요. 사업 실패로 어려움을 겪고 있는 형제에게 실질적으로 도움을 주지는 않으면서, 그저 지적만 해댄다면 이 역시 가족이라고 할 수 없습니다.

　요새는 동거, 입양 등 혈연 없이도 가족을 이룰 수 있습니다. 오히려 핏줄보다 더 진하게 서로를 위하는 새로운 형태의 가족이 보입니다. 하다못해 길가에 버려진 강아지도 데려다 키우면 마음으로 서로 위하는 애틋한 사이가 됩니다.

　피는 나누었지만 사랑 없는 부모, 형제의 핀잔은 너무 마음에 담을 필요가 없습니다. 오히려 가족이기 때문에 그들이 주는 상처는 더 크고 아픕니다. 이럴 때에는 무시해도 상관이 없습니다. 죄책감을 가질 필요도 없습니다. 혈연이라는 굴레에서 벗어나 가족의 의미가 무엇인지, 진정한 가족으로 거듭나기 위해 필요한 것이 무엇인지 근본적인 성찰이 필요합니다. 그런 노력이 있을 때 가족이 주는 상처로부터 자유로울 수 있습니다.

경쟁력이 떨어지는
외모 때문에 고민입니다

Q

아무리 사람은 외모보다 마음이 중요하다고 하지만,
타고나길 못생기고 뚱뚱한 저는 외모 때문에 사는 게 괴롭습니다.
옷을 사러 가도 점원이 비웃는 것처럼 느껴져 자리를 뜨기 일쑤고,
사람 만나는 것도 갈수록 자신이 없습니다.
못생긴 채로 불행하게 사는 게 제 운명일까요?

A

　　외모도 경쟁력이라는 말을 부인하지는 못하겠습니다. 옳고 그름을 떠나 현실이 그렇다는 말입니다. 하지만 외모가 좀 부족하다는 생각으로 열등감을 느껴 괴로워하는 건 바보 같은 짓입니다.

　외모에 대한 기준은 정해져 있지 않습니다. 수학문제처럼 정답이 있는 것도 아닙니다. 그래서 사람들은 외모에 대해 각자 자신만의 기준이 있습니다. 그런 의미에서 보자면 사실 나만 못생긴 게 아닙니다. 지나가는 사람을 붙잡고 물어보십시오. 백이면 백, 자기 외모에 불만을 갖고 있을 겁니다. 남 보기에 김태희나 전지현 급의 외모를 가졌다 해도 남모를 외모 콤플렉스를 갖는 게 사람 심리입니다. 모두 자기만의 기준으로 외모를 판단하기 때문입니다. 그런 의미에서 세상에 완벽한 외모를 갖춘 사람은 거의 없다고 봐야 합니다.

만일 누군가 내 외모에 대해 지적한다면, 그것은 그 사람의 다른 열등감이 외모로 투영된 것이라 보면 정확합니다. 즉, 함부로 지적질을 하는 그 사람의 정신상태가 문제인 것이지, 내 문제가 아닙니다.

그래도 스스로 '나는 객관적으로 봐도 못생겼다'고 생각된다면, 길거리에 나가 10분만 지나가는 사람들을 살펴 보십시오. 대부분 그저 그렇고, 눈에 띄는 외모를 가진 사람은 지극히 소수일 겁니다. 다 고만고만하다는 얘기입니다. 결국 실제로 못생겨서 고민이 아니라, '나는 못생겼다는 생각'이 나를 괴롭히는 겁니다.

잘생긴 사람들이 보다 많은 사람들에게 사랑받는 건 부인할 수 없습니다. 첫인상이 좋아 어떤 일을 할 때 유리한 것도 사실입니다. 못생긴(아니 스스로 못생겼다고 생각하는) 다수는 이 점을 부러워합니다. 하지만 우리가 부러워하는 대상은 극히 소수입니다. 잘난 사람들이 절대 다수이고, 못생긴 사람이 극소수라면 열등감을 느낄 법도 하지만, 몇 안 되는 잘난 사람 때문에 괴로워할 필요가 있을까요?

또한 사랑받을 수 있는 다른 방법은 얼마든지 있습니다. 한 예로 잘생긴 배우를 주로 상대하는 PD 중 외모가 뛰어난 사람은 많지 않습니다. 그런데 외모가 뛰어난 배우들은 PD들의 말

한마디에 열등감을 갖고 괴로워합니다. 그 순간은 외모가 아무 소용이 없는 것이지요. 극단적인 예를 들긴 했지만, 행복하게 살기만도 짧은 인생입니다. 그 짧은 인생에서 내가 어쩔 수 없는 부분 때문에 괴로워하는 건 바보 같은 짓입니다.

대개 외모에 콤플렉스가 있는 사람을 보면 남에게 사랑받고 싶은 욕구가 큽니다. 바꿔 말하자면 사랑을 받으면 외모에 대한 열등감도 자연히 사라지게 됩니다. 스스로를 괴롭히지 말고 내가 사랑받을 수 있는 그 무언가를 찾는 게 현명합니다. 타고난 재능이 무엇인지, 무엇이 나를 행복하게 하고 남도 행복하게 하는지 찾아보는 건 어떨까요? 신기하게도 타인으로부터 사랑받는 사람은 외모도 아름답게 변합니다.

대한민국에서 대표적으로 못생긴 사람이 납니다. 그런데 나는 제법 사람들에게 인기가 있습니다. 내 인기 비결은 유머와 솔직한 대화입니다. 이 두 가지만으로 외모 트라우마에서 벗어날 수 있었습니다.

그리고 또 하나, 잘생겨서 얻는 이득이 많은 것 같지만 딱히 남에게 인기 좋은 것 외에 별로 좋은 점이 없습니다. 그리고 그 인기조차 오래가지 않습니다. 사람은 본래 싫증을 잘 내는 종족이기 때문입니다. 그러니 못생겼다고 슬퍼하지 마십시오.

세상은 평범하거나 좀 못생긴 사람이 대부분이며, 그 사람들 모두 각자 자신만의 이유로 타인에게 사랑받으며 살고 있다는 사실을 잊지 마십시오.

일방적으로 이별 통고를 한
애인이 너무 밉습니다

Q

3년간 사귄 남자친구로부터 일방적으로 헤어지자는 말을 들었습니다.
처음에는 그가 저를 더 좋아했지만, 연애를 시작한 뒤로는
한눈 한 번 팔지 않고 연인으로서 할 도리를 다했습니다.
사귀는 동안에도 저 좋다는 남자도 많았고요.
너무 억울해 밤에 잠이 오지 않고 다시는 사랑을 못할 것 같아요.

A

남녀가 만나 뜨겁게 연애하다가 어느
한쪽에서 이별을 선언하고 헤어진 뒤 또 새로운 인연을 만나
는 건 자연스러운 이치입니다. 잔인하게 들리겠지만 이별한
뒤 상처를 극복하는 것은 각자의 몫입니다. 어느 한쪽이 돌을
던지는 건 반칙입니다. 연애는 정확히 각자의 선택이고, 각자
의 책임입니다. 이걸 인정해야만 이별의 고통에서 벗어날 수
있습니다.

이별이 고통스러운 건 사실 누군가로부터 상처를 받았기 때
문이 아닙니다. 상대방을 통해 내가 기대하는 바를 채우려고
과욕을 부리다가, 그 욕망이 채워지지 않아 고통으로 드러나
는 경우가 대부분입니다.

사람은 그 됨됨이에 따라 급수가 있습니다. 편의에 따라 A,
B, C로 나눠 생각해봅시다. A유형은 구체적인 꿈을 꾸면서 이

를 이루려는 노력을 하나씩 실천하는 사람입니다. B유형은 꿈은 있되 그 꿈이 너무 허황되거나 혹은 그 꿈을 이루려고 노력하지 않는 사람입니다. C유형은 꿈은 없고 즉흥적으로 판단하고 행동하는 사람입니다. 어떤 유형에 속하느냐에 따라 사랑의 방식도, 또 이별 후의 대응방식도 다릅니다.

A에 속하는 여자가 어떤 남자를 A인 줄 알고 만났는데 사귀다 보니 B였습니다. 이 여자는 슬슬 이별 준비를 하고 적당한 기회에 이별을 선언합니다. 남자는 자기가 B이기 때문에 헤어진 걸 모르고, 자기가 그녀에게 얼마나 잘 해주었는가에 관한 부분만 따지며 슬퍼합니다.

C에 속하는 여자가 A인 남자를 만나 연애를 시작했습니다. 대부분의 남자는 상대가 A에 속하든 C에 속하든 미모가 되면 일단 사귀고 보는 모자란 구석이 있습니다. 하지만 시간이 지나 그 미모가 더 이상 효과를 발휘하지 않으면 이별을 선언합니다(미모의 효력은 생각보다 짧습니다).

A인 남자가 얼굴만 보고 어떤 여자와 사귀었습니다. 그러다 그녀가 C인 것을 알아채고 연애에 종지부를 찍었습니다. 미모가 뛰어난 C유형의 여자는 이 현실을 인정하지 못합니다. 수많은 남자가 따라와도 눈길 한 번 주지 않았는데 감히 나를 떠나다니 있을 수 없는 일이라는 생각만 합니다. 깊은 슬픔에 잠

기지만 사실 이별의 슬픔이라기보다는 채우지 못한 욕망에 대한 아쉬움일 수 있습니다.

　사랑하는 사람과 이별하고 그 상처를 잘 치유하려면 우선 내가 어느 유형에 속하는지 파악해야 합니다. 같은 급수의 연애는 성공 확률도 높고 이별했더라도 상처가 깊지 않을 확률이 높습니다. 서로 상대에 대한 욕심이 크지 않기 때문입니다. 반면 급수가 차이가 나면 이별할 가능성이 크고, 이별 후의 상처도 큽니다. 급수가 낮은 쪽이 이별당할 가능성이 큰데, 대개의 경우 자기 욕망을 채우기 위해 연애를 시작했기 때문에 헤어진 뒤 그 욕망의 잔재가 계속됩니다. 이를 모르고 그저 상대 탓만 하며 괴로워하는 겁니다.

　자기에게 부족한 부분을 상대를 통해 채우려는 건 사랑을 가장한 욕망일 뿐입니다. 욕망이 채워지지 않아서 아픈 걸 이별의 아픔이라고 착각하지 않았으면 좋겠습니다. 그렇다고 C유형이 모두 사랑에 실패하는 것은 아닙니다. 상대방을 거울삼아 자신의 부족한 부분을 채워나가면서 사랑이 깊어지는 예도 많습니다. 또한 그런 노력은 박수 받을 일입니다.

　백수라고 해도, 자아가 확실하고 자기 욕망을 상대방에게 투영하는 자세가 없다면 얼마든지 제대로 된 사랑을 할 수 있습니다. 이별 뒤에도 그 고통이 길게 가지 않습니다. 상대방 탓을 하기보다 스스로 자신을 돌아보는 계기로 삼고 이를 발판으로 다음에 더 멋진 사랑을 하게 됩니다.

사랑을 빙자해서 해방구를 찾으려는 욕망을 버려야 합니다. 그런 욕망이 마음에 있다면 결국 그 사랑은 끝이 납니다. 상대방이 그 욕망을 알아채지 못할 리 없기 때문입니다.

지금 연인과 이별해 고통스럽다면 일단 마음껏 슬퍼하십시오. 그러면서 틈틈이 자기 자신과 대화하십시오. 나는 과연 어떤 사람인지, 상대에게 어떤 욕망을 투영하고 있었는지 생각해보길 바랍니다. '아 내가 그랬구나' 하고 깨닫는 순간 나는 한 걸음 발전한 모습을 갖게 됩니다. 또한 그 모습으로 다른 멋진 연인을 만날 수 있습니다.

식어버린 부부 관계를
되돌릴 수 있을까요?

Q

아이 하나가 있는 결혼 7년 차 직장 여성입니다.
결혼 초 바로 임신을 하는 바람에
없는 살림에 육아와 직장 생활을 병행하느라 참 힘이 들었습니다.
아이도 좀 자라 이제 어느 정도 숨을 돌릴 수 있게 되었는데,
정작 남편은 밖으로만 돕니다. 아무리 잘해줘도 야근을 핑계로
새벽에 들어오기 일쑤고, 외식 한 번 하자고 해도 귀찮다는 표정으로
무시합니다. 이렇게 계속 살아야 할까요?

A

　　　　　세상에 문제없는 부부는 없습니다. 아무 문제없다고 말하는 부부가 있다면, 그것은 서로에 대한 관심과 사랑이 부족한 겁니다. 현재 어떤 문제가 있어 '노력하고 있다면, 그것은 그만큼 서로에게 의미가 있다는 반증이라고 할 수 있습니다. 다만 노력하는 방법에 대해서 만큼은 생각해봐야 합니다. 무작정 참는게 노력이 아닙니다.

　우선 배우자를 내 일부처럼 여기는 태도를 버려야 합니다. 앞서 말했지만 결혼은 한배에 타는 것이 아니라, 동행할 배가 내 곁에 온 것뿐입니다. 나와 상대방을 다른 인격체로 구별하지 않으면 부부 사이는 원만할 수 없습니다.

　둘째, 갈등이 있을 때 상대방을 탓하기 전에 먼저 나를 돌아봐야 합니다. 무조건 '내 탓이오'를 외치라는 말이 아닙니다.

부부 사이에 발생하는 괴로움은 대부분 상대가 나쁘다는 내 '생각' 때문에 발생합니다. 그가 잘못했다는 '생각', 그에게 문제가 있다는 '생각'이 나를 괴롭게 합니다. 결국 내 생각이 병을 만드는 셈입니다.

내가 문제가 있다고 생각해서 문제가 되는 것이지, 사실 상대방 입장에서는 별 문제가 없습니다. 그래서 한쪽은 불같이 화를 내는데, 다른 한 쪽은 소 닭 보듯 바라보는 예가 종종 발생합니다. 내가 문제 삼아놓고 화 내거나 울어봤자 해결되는 건 없습니다.

셋째, 이게 정말 상대방 탓인지 아니면 상대방을 문제 삼는 내 생각 탓인지 생각해봤다면, 마지막으로 상대방 입장을 한번 생각해보십시오. 쉽진 않지만 나처럼 저 인간도 힘들겠구나, 하는 생각이 없으면 한집에 살기 어렵습니다.

대부분의 부부 문제는 상대방에 대한 기대 때문에 생깁니다. 기대에 어긋나면 분노에 사로잡힌 나머지 함부로 이 말 저 말 내뱉습니다. 기대를 버리기가 어렵다면, 상대방을 딱 직장 동료처럼만 대해보십시오. 데면데면 성의 없게 굴라는 말이 아니라, 직장에서 하는 정도로만 최소한의 예의를 갖춰보라는 말입니다.

마지막으로, 드라마나 영화는 그만 좀 보십시오. 상대방에게 영화에나 등장하는 로맨스를 기대하려면, 나 또한 영화 속 주인공이 돼야 합니다. 또한 당신이 그(혹은 그녀)에게 기대하는 것을 그(혹은 그녀)도 똑같이 바랄 수 있습니다. 그럼에도 불구하고 상대방에게 무언가를 얻고 싶다면, 바라는 것만큼 먼저 해주십시오.

죽음에 대한 공포에서
벗어날 수는 없을까요?

Q

친한 친구가 얼마 전 간암 말기 판정을 받고
3개월 만에 세상을 떠났습니다.
갑작스럽게 변고를 당한 친구를 보니
훨씬 미래의 일이라고만 생각했던 죽음이 너무 무섭습니다.
피할 수 없는 죽음의 공포로부터 벗어날 수는 없을까요?

A

　　　인간이라면 누구나 죽음을 두려워합니다. 종교인인 나 역시 죽음이 두렵지 않다고는 말하지 못하겠습니다. 하지만 죽음의 실체와 본질을 깊이 이해하면 죽음의 공포가 줄어드는 것은 물론 남은 인생도 더 잘 살 수 있습니다.

　우선 죽음이 인생의 마지막이 아니라 삶의 한 부분이라는 생각을 가져야 합니다. 사실 우리는 매일 죽음을 겪고 있습니다. 우리 몸 안의 세포는 스스로 프로그램을 작동해 죽음을 맞이합니다. 이른바 세포사細胞死라고 하지요. 즉, 죽음 자체가 생명 자체에 입력되어 있는 겁니다.

　이렇듯 생명에는 늘 죽음이 깃들어 있어서 우리가 모르는 새 삶과 죽음은 계속 치환되고 있습니다. 그런 의미에서 인생의 마지막은 죽음이 아니며, 인생의 시작이 죽음의 시작이라고 할 수 있습니다. 죽음 이후의 일은 알 수 없지만, 우리가 인식하지 못하는 삶의 순환선상의 일부라고 받아들인다면 그 공포가 줄어듭니다.

그리고 또 하나, 두렵다고 죽음에 대해 생각하는 것을 외면하면 안 됩니다. 오히려 두려울수록 죽음의 순간을 더 구체적으로 떠올려볼 필요가 있습니다. 생각해보십시오. 물리적인 생명이 다하는 순간을 외롭게 혼자 겪어야 한다면 얼마나 힘들고 고독할까요? 단 한 사람이라도 내 마음처럼 내 곁을 지켜줄 이가 큰 위안이 될 겁니다.

마지막 순간에 누군가 내 손을 잡아주는 그런 따뜻한 죽음을 맞이하려면 결국 지금의 내 삶이 중요합니다. 아무리 바쁘더라도 내 곁의 사람과 진심으로 마음을 나누고 사랑을 베풀어야 합니다.

'그래도 나한텐 가족이 있으니까' 하며 안심할 일은 아닙니다. 죽음의 현장에서 가족이 위로가 되기는커녕 냉정하게 의무만 지키는 모습을 많이 봐왔습니다. 죽기 전까지 가족끼리 어떻게 지내왔는가가 바로 그 순간에 드러나는 것이지요.

마지막으로 덧붙이는 말은, 꼭 종교인이 아니더라도 누군가의 임종을 따뜻하게 지켜주면서 떠나는 길의 안녕을 기원해주라는 겁니다. 임종자의 곁을 지켜주다 보면 다가올 내 죽음이 덜 쓸쓸할 것이라고 생각하게 됩니다. 먼저 보낸 소중한 이가 내 곁에 있어줄 것 같은 위안이 드는 거죠. 또한 여러 죽음의 모습을 보면서 남은 내 인생을 어떻게 살아야 할지도 반추해보게 됩니다.

결국 죽음의 공포에서 벗어나는 길은 주어진 내 삶을 어떻게 사느냐에 달렸다고 할 수 있습니다. 삶과 죽음을 떨어뜨려 놓지 말고, 매일매일이 마지막이라는 생각으로 최선을 다해 주어진 삶을 살아가길 바랍니다.

친한 친구가
빌려간 돈을 갚지 않습니다

Q

얼마 전 정말 친한 친구가 전셋돈이 모자라다며 돈을 빌려갔습니다.
몇 달 뒤 적금을 타면 돌려주겠다고 했는데,
소식이 뜸하더니 이제는 제 연락을 피하는 눈치입니다.
평소 정말 믿었던 친구인데, 그냥 기다리려니 점점 화가 납니다.
어떻게 해야 할까요?

A

　　　　　　친구라는 존재에 대해 다시 한 번 생각
해볼 필요가 있습니다. 흔히 사람들은 필요할 땐 돈까지 서로
통용해 쓸 수 있어야 진짜 친구라고 말합니다. 틀린 말은 아닙
니다. 친구라면 어려울 때 서로 돕고 배려할 줄 알아야 하지요.

　하지만 서로 돕고 정을 나누는 것과 서로 간의 예의를 지키
는 것은 엄연히 다른 문제입니다. 특히 관계가 돈독할수록 더
욱 예의를 지켜야 한다고 봅니다. 친한 친구에게도 예의를 지
키지 못한다면, 그 밖의 사람들에게 어떻게 대할지는 뻔합니
다. 그런 사람을 친구라 여기면서 옹호하고 배려할 필요가 있
을까요?

　이상하게도 한국사람은 재물, 특히 돈에 관한 문제를 터부시
하는 경향이 있습니다. 하지만 가까운 사이일수록 돈 문제에서

더욱 예의를 지켜야 합니다. 물론 친구에게 피치 못할 사정이 있을 수 있습니다. 하지만 정말 친구라면 '내가 이러이러해서 기일 내에 돈을 갚지 못하겠다'고 양해를 구하는 것이 먼저입니다. 본인이 직접 밝히지 않은 사정을 애써 짐작해 이해하려 들 필요는 없습니다.

사랑은 밑도 끝도 없이 베풀거나 참는게 아닙니다. 진정한 사랑 안에는 정의가 포함돼 있습니다. 정의에는 서로 간의 약속도 포함됩니다.

친구를 위해서라도 약속을 지키지 않은 잘못을 분명히 이야기해주고, 내 서운한 감정을 표현하도록 하십시오. 사정이 있었다고 한다면 그 사정을 내게 전하지 않은 것도 잘못이라는 걸 분명히 말해주십시오. 가깝더라도 표현하지 않으면 모릅니다. 친구니까, 가족이니까 하면서 참는 예가 많은데 대부분의 경우 끝이 좋지 않습니다. 사소한 문제에 폭발하거나 소원해지거나 둘 중 하나지요.

그리고 앞으로, 친구 간에 주고받는 문제를 좀 분명히 할 필요가 있습니다. 맹자는 "하지 못할 일을 행하지 말고, 하고자 하지 않는 바를 하고자 하지 말라"고 했습니다. 돌려받지 못할 것 때문에 괴로워할 바엔 처음부터 주지 않는 게 맞습니다. 비단 돈 문제만이 아닙니다. 선뜻 내키지 않는데, 정이나 의무감 때문에 함부로 베푸는 건 좋지 않습니다. 마음이 시키지 않는 일을 억지로 하면 결국 오해와 불신만 남을 뿐입니다.

나를 험담하는 직장 동료를
어떻해야 할까요?

Q

5년 차 직장인입니다.
연차가 쌓여 이제 어느 정도 업무도 익숙해지고 보람도 느끼던 차에
한 살 많은 선배가 제 험담을 하고 다닌다는 말을 들었습니다.
저에 대해 잘 알지도 못하는 사람이 제 욕을 한다고 생각하니
억울해서 잠이 오지 않을 지경입니다.
선배라 함부로 따지지도 못하겠는데 어떻게 해야 할까요?

A

직장이란 기본적으로 서로 간의 경쟁을
피할 수 없는 곳입니다. 생존이 걸린 경쟁 상황 속에서 갈등을
피해가기란 불가능합니다. 갈등이 불거지다 보면 뜻하지 않게
남으로부터 비방을 당할 수도 있습니다.

누군가가 나를 헐뜯는다면, 제일 먼저 그것이 나로 비롯된
것이 아닌지 살펴야 합니다. 나는 별 뜻 없이 한 행동이 상대
(특히 경쟁 관계에 놓인)에게는 상처나 모욕이 되는 예가 많습니
다. 특히 평소에 잘 알지 못하는 사람이라면 오해할 여지가 더
큰 것이 당연합니다.

물론 별것 아닌 문제를 상대가 과장되게 부풀려 떠들고 다
녔을 수도 있습니다. 하지만 이런 경우도 어쨌든 내게 비방 받
을 만한 이유가 조금이라도 있는 것이므로, 좀 억울하더라도
일단은 과오를 인정하고 이제부터라도 내 허물을 없애기 위해

노력해야 합니다. 습관적인 실수라면 눈에 잘 보이는 곳에 써 붙여 놓고서라도 고치는 연습을 해야 합니다.

만일 아무리 생각해도 내게 잘못이 없는데 상대가 거짓으로 꾸며 내 욕을 하고 다닌다면 그건 정신병자의 헛소리쯤으로 생각하고 무시해버리십시오. 정신 나간 사람의 잘잘못을 따져 서 뭣하겠습니까? 됨됨이가 되지 않는 사람과 맞서 싸우는 건 무의미합니다. 그래 봐야 자기 잘못을 인정하지 않을 뿐만 아 니라 오히려 적반하장 식으로 화를 내는 경우가 태반입니다. 잘못을 가리려다가 오히려 더 큰 화를 입을 수 있습니다.

그런 사람을 대할 때는 아무 일 없는 듯 태연하게 상대하면 서, 마주치더라도 인사만 하고 말을 섞지 않는 것이 방법입니 다. 그렇게 하면 점점 멀어져 화낼 일도 자연히 줄어듭니다. 화 내거나 고민할 일이 없으니 밤에 잠을 못 이룰 일도 없겠지요.

그리고 또 하나 당부하고 싶은 말이 있습니다. 한 직장에 다 닌다고 해서 모든 사람들과 친하게 지낼 필요는 없다는 겁니 다. 피를 나눈 가족끼리도 서로 잘 맞는 사람이 있고 얼굴 보기 가 불편한 사람이 있게 마련입니다. 하물며 직장 동료에게서 무얼 기대하겠습니까? 직장에서 만난 사람들과 가족처럼 잘 지내겠다는 생각은 환상입니다(그런 말은 대개 사장이 직원들 야근시킬 때 자주 합니다).

직장은 일을 하기 위한 곳입니다. 상사가 되었든 부하직원이 되었든 직장에서 만난 사람들을 그저 함께 일하는 사람일 뿐입니다. 정말 마음을 나눌 사람은 직장 밖에서 따로 관계를 유지하면 되고, 나머지 사람들과는 적당한 거리를 두고 지내는 게 서로에게 좋습니다.

돌아가신 어머니가 그리워
아무 일도 할 수 없어요

Q

병상에 누워계시던 어머니가 한 달 전 세상을 떠났습니다.
어느 정도 예견했던 일이지만
막상 다시는 어머니를 볼 수 없다고 생각하니 너무 고통스럽습니다.
직장 생활도 할 수 없어 휴직을 하고 집에만 있는데,
손가락 하나 움직일 수 없고 눈물만 납니다.
제가 다시 전처럼 살아갈 수 있을까요?

A

　　사랑하는 사람, 특히 가족과의 사별만
큼 고통스러운 일이 없습니다. 그 고통은 억지로 참는다고 참
아지지 않고, 또 참아서도 안 됩니다. 이때는 참지 말고 울어야
합니다. 몇 날 며칠이 되든 상관하지 말고 아이처럼 큰소리로
울어야 합니다. 정해진 애도 기간은 없습니다. 흐르는 눈물이
그치고 슬픔이 가시는 날까지가 애도 기간입니다.

　내가 신부가 되도록 이끌어주신 사부 신부님을 보내고 나는
매일 울면서 보냈습니다. 아무리 울어도 지치지가 않아, 자면
서도 울고 걸으면서도 울고 지인을 만난 자리에서도 계속 울었
습니다. 사제 생활도 제대로 할 수 없었습니다. 신자들을 만나
는 자리에서도 마음을 다해 사람들의 이야기를 들어줄 수 없었
고, 미사 집전도 집중할 수 없어 다른 신부님께 부탁했습니다.

그렇게 세상에서 할 줄 아는 게 우는 일밖에 없는 것처럼 보낸 시간이 한 달입니다. 그런데 30여 일을 그렇게 보내고 나니 마음에 흘러넘치던 슬픔이 빗물 마르듯 잦아드는 것이 느껴졌습니다. 영원할 것 같은 슬픔 대신 조금씩 다른 감정이 들어왔습니다. 바깥의 햇살이 느껴졌고, 무슨 일이든 해야겠다는 생각이 들었습니다. 그리고 또 하나, 비록 몸은 떠났지만 그분의 뜻과 세상을 바라보는 따뜻한 시선은 내 안에 여전히 살아있다는 생각이 들었습니다. 한 달의 애도 기간에 흘린 눈물이 실은 마음의 치료제였던 겁니다.

간혹 책임감 때문에 억지로 웃으며 슬픔을 감추는 사람이 있습니다. 하지만 제대로 표출되지 못한 슬픔은 언제 어느 때고 반드시 터지게 되어 있습니다.

한 지인은 아들이 교통사고를 당해 일 년간 병간호를 했습니다. 하지만 아들은 끝내 세상을 떠나고 말았습니다. 처음에 그는 괜찮은 듯 보였습니다. 슬픔에 젖어 있기엔 가장으로서의 책임감이 컸던 겁니다. 그런 그에게 한마디 했습니다. 어른도 울어야 할 때가 있다고, 울어야 다시 살 수 있다고 말입니다.

그는 꼬박 일 년을 울었습니다. 그동안 그를 위로하지 않았습니다. 그 어떤 위로도 힘이 되지 않는다는 걸 알았기 때문입니다. 대신 함께 울었습니다. 그도 아니면 우는 그의 곁을 가만히 지켜주었습니다.

그렇게 일 년을 보낸 어느 날 그가 말했습니다. "신부님, 이제 일을 좀 해야겠어요. 눈물이 더 안 나오네요."

지금 그는 아들을 잃기 전처럼 잘 살아가고 있습니다. 일 년의 애도 기간이 그에게 준 선물은 삶이 소중하다는 깨달음이었습니다. 모든 생명이 유한한 존재인 만큼, 매 순간을 소중히 여기며 살아야 한다는 걸 깨달은 겁니다.

사별 후 애도 기간은 생전의 인연의 깊이에 따라 다릅니다. 부모님과의 사별은 특히 긴 애도 기간이 필요할 것입니다. 울음이 그칠 때까지 그냥 우십시오. 다른 일을 억지로 하려고도 하지 마시기 바랍니다.

또 하나, 주변에 사별의 슬픔에 빠진 사람이 있다면 억지로 위로하려 들지 말고 그냥 곁에 있어주십시오. 어설픈 위로는 슬픈 이를 더 슬프게 만듭니다. 함께 시간을 보내주는 것으로 족합니다. 서툰 위로 대신, 울고 있는 그 곁에서 책 한 권 읽고 있는 편이 낫습니다. 내가 너와 함께한다는 자체가 위로가 된다는 말입니다.

시어머니가 개종을 강요해서
괴롭습니다

Q

어릴 때부터 성당에 다녔는데,
결혼한 뒤에 시어머니가 불교로 개종하라고 강요해서
너무 힘이 듭니다. 결혼 전에는 절에 가지 않아도 된다고 하셨는데,
한 식구가 되면서부터 갑자기 태도를 바꾸셨어요.
시어머니의 마음을 어떻게 바꿀 수 있을까요?

A

　　가족 안에 일어나는 갈등에 대해서는 윗사람 의견을 따르는 게 좋습니다. 나이가 들수록 자기 생각을 바꾸기가 어려울뿐더러, 다툼 때문에 서열 높은 사람의 마음이 편하지 않으면 결국 가족 전체가 불편해지기 때문입니다.

　시어머니가 절에 가자고 하면 그냥 따라가십시오. 종교는 마음으로 믿는 것이지 형식으로 믿는 게 아닙니다. 시어머니가 돌아가시고 난 뒤에 다시 성당이나 교회에 다니면 됩니다. 부처님이나 예수님도 갈등 없이 서로 잘 살아보려는 중생들에게 벌을 내리지는 않습니다(그렇게 속 좁은 양반들이 아닙니다).

　절에 나가는 것을 내 종교를 바꾼다고 생각하지 말고, 효도한다고 생각해보세요. 효도가 별 게 아닙니다. 그저 부모님 뜻에 맞춰드리는 것이 효도입니다. 이를 내 뜻을 꺾는 것으로 생각하지 마십시오. 내게 내 나름의 생각이 있듯, 그분들에게도 그분들 나름의 생각이 있다는 것을 인정해드리라는 말입니다.

성경에도 부모를 공경하라고 나와 있지 않습니까? 효도하는 마음으로 잠시 자기 종교에서 몸만 떠났다가 다시 돌아오는 건 오히려 지극히 종교적이고, 어느 종교에서도 칭찬해줄 일이라 봅니다. 죄책감을 느낄 필요가 없다는 말입니다.

손아랫사람들이 종교 갈등에 직면하면, 은근히 종교를 빙자해 손윗사람들에 대한 불만을 표출하는 경향이 많습니다. 마치 종교 탄압인 양 웃어른을 원망하면서 자신을 마치 순교자인양 포장하려 드는데, 애꿎은 종교를 끌어들여 어른을 이겨보려는 것은 아닌지 내 속을 살펴봐야 합니다. 특히 종교 갈등이 있을 때, 자기 연민에 빠져 스스로를 속이는 예가 많습니다.

또 하나, 시어머니가 하는 말을 강요로 받아들이지 말고 사랑의 표현이라고 이해해보십시오. 누구를 괴롭히려고 억지로 절에 데려가려는 불자는 없습니다. '저 양반이 나를 아껴서 저러는구나' 하고 이해하면 내 마음이 편해집니다. 시어머니를 이해하는 게 결국 나를 위한 일이 되는 겁니다.

신앙은 결국 마음의 문제입니다. 내 마음만 당당하면 몸이 어디에 가 있어도 문제될 것이 없습니다(참고로 나는 사찰에 가는 것을 좋아합니다). 기도는 언제 어디서든 할 수 있습니다.

이 기회에 잠깐 유학 갔다 생각하고 불교에 대해 공부해보는 건 어떨까요? 다른 종교에 대해 공부하는 것은 내 종교 생활에 많은 도움이 됩니다.

종교 지도자 분들도 이런 제안에 화 내시면 안 됩니다. 이렇게 잠깐씩 서로 넘나드는 숫자를 보면 넘어간 숫자나 넘어온 숫자나 엇비슷합니다. 헌금함이나 불전함이나 수입에는 큰 변화가 없으니 그냥 쿨하게 서로 왕래하면서 살자고 허락해줍시다.

잘살고 싶어서 욕심내는 게
이기적인 걸까요?

Q

어릴 때부터 저는 남에게 양보하며 살아야 한다고 배워왔습니다.
부모님들도 나보다 남을 먼저 생각하는 사람이 되라고 가르치셨지요.
하지만 사회에 나온 이후로 그렇게 사는 것이 바보 같다는 생각이 듭니다.
남보다 잘 살고 싶고 이왕이면 조건 좋은 배우자를 만나고 싶습니다.
이런 제 생각이 이기적인 걸까요?

A 　　　　　세상에 욕심 없는 사람은 없습니다. 그
리고 욕심은 세상을 열심히 살아가는 원동력이 됩니다. 그래
서 나는 욕심을 버리라는 말을 함부로 하지 않습니다. 오히려
남만 생각하느라 제 밥그릇 챙기지 못하는 사람에겐 욕심 좀
부리라고 충고합니다.

문제는 욕심이 지나쳐 과욕이 될 때입니다. 노력한 한도 내
에서 지금보다 나은 삶을 추구하는 것은 얼마든지 가져도 되
는 욕심이지만, 이를 넘어서 남을 기만하거나 피해를 주는 것
은 피해야 할 과욕입니다. 즉 과욕은 내 수준, 내 노력과 견주
어 그 이상을 바란다는 특징이 있습니다.

배우자 선택 문제만 봐도 그렇습니다. 열심히 노력해 좋은
직장을 갖는 등 내 모습이 상대방도 인정할 만한 모습이라면

나보다 좋은 조건의 배우자를 원해도 괜찮습니다. 한 번 뿐인 인생에서 이왕이면 조건 좋은 사람을 만나 결혼하려고 하는 게 뭐가 잘못입니까?

하지만 오로지 신분 상승만을 목적으로 학벌을 위조하거나 집안을 부풀리는 건 상대를 기만하는 행동이기 때문에 과욕이라고 볼 수 있습니다. 부려서는 안 될 욕심이지요.

직장 생활을 할 때에도 진급을 좀 빨리 하기 위해 남보다 야근 더 하고 스스로 일을 찾아서하는 것은 얼마든지 해도 됩니다. 단, 경쟁에서 이기려고 동료를 험담하거나 남의 일을 가로채는 건 과욕으로, 결국 그 피해가 고스란히 자신에게 돌아옵니다.

과욕은 우리 마음에 과부하를 일으킵니다. 내 그릇보다 큰 것을 담으려고 하다 보니 늘 초조하고 불안합니다. 또한 내 노력으로 충분히 이룰 수 있는 일도 자꾸 요행이나 꼼수로 해결하려 들다 보니 주변 사람도 괴롭습니다. 결국 사람마저 잃게 되지요.

마음의 과부하를 막으려면 현재의 내 모습, 내가 처한 상황을 냉정하게 파악해야 합니다. 내가 바라는 것, 즉 욕심이 내가 원할 만한 것이고 내 노력으로 이룰 수 있는가를 생각해보세요. 남에게 피해주지 않고 내 힘으로 충분히 이룰 수 있는 것이라면 얼마든지 욕심내도 됩니다.

사실 우리는 하루에도 몇 번씩 욕심을 넘어선 과욕성 집착에 시달립니다. 오늘 하루 일과를 떠올려보십시오. 요행으로 일을 해결하려던 적이 없습니까? 노력 없이 무언가를 얻을 생각은 하지 않았던가요?

시시때때로 우리를 찾아드는 과욕을 멈추려면 마음의 고삐를 꽉 잡고 있어야 합니다. 말 타는 기수가 고삐를 당겨 속도를 늦추듯 '정당한 노력'과 '기다리는 인내심'이라는 과정을 건너뛰고 성급히 뭔가를 가지려는 마음을 다스려야 합니다. 고삐를 잘 잡고만 있다면 얼마든지 욕심을 부려도 됩니다.

공부에 관심없는 아이 때문에
너무 화가 납니다

Q

어릴 땐 착하던 아이가 학교에 들어가면서부터 말을 듣지 않습니다.
공부는커녕 숙제도 제때 하지 않아 성적도 좋지 않습니다.
이러다 저 혼자 뒤처지는 게 아닐지 걱정도 되고
엄마 말은 들은 척도 않는 아이를 볼 때마다 화가 납니다.

A   아이를 바른 길로 인도하기 위해 조언을 해주는 건 좋습니다. 하지만 그걸 받아들이는 건 전적으로 아이에게 달린 문제입니다.

참고로 나는 어릴 때 지독하게 말을 듣지 않는 아이였습니다. 하라는 공부는 뒷전이고 학교에서 내주는 숙제도 제때 해간 적이 없습니다. 그러던 내가 갑자기 공부를 하게 된 건 같은 반에 다니던 여자아이에게 잘 보이고 싶은 마음이 들어서입니다(참고로 그때 제 형은 기적이 일어났다고 했습니다).

아이를 변화시키는 건 부모의 말이 아니라, 자기 마음 안의 동기입니다. 공부할 이유가 있으면 시키지 않아도 책상 앞에 앉는다는 말입니다. 아이마다 그 동기는 다릅니다. 부모가 할 일은 채찍질이 아니라 아이 스스로 동기를 찾을 때까지 기다려주는 겁니다.

그때까지 부모는 아이에게 바라는 것을 행동으로 보여주면 됩니다. "그만 좀 놀고 공부해!"라고 백 날 닦달하는 것보다 집에 있는 텔레비전 전원을 뽑아버리고 엄마가 먼저 책상 앞에 앉아 책 읽는 모습을 보여주는 것이 동기부여에 효과적이라는 말입니다.

내 경험을 보자면 이 방법은 어린아이뿐만 아니라 어른에게도 아주 효과가 좋습니다. 상담을 청하는 청년들에게 내 말이 먹히지 않으면 말을 멈춥니다. 대신 그 청년에게 바라는 것을 직접 행동으로 보여줍니다. 산행이 아무리 좋다고 설명해도 따라나서지 않는 친구에게 산행을 다녀온 일행의 달라진 모습을 보여주어 직접 깨닫게 하는 식이지요.

그리고 또 하나, 공부만이 능사라는 생각을 버리십시오. 공부는 자기 꿈을 이루기 위한 수단 중 하나이지 그 자체가 목적이 아닙니다. 공부를 통해 아이가 앞으로 무엇을 하게 될지가 더 중요합니다.

객관적으로 봤을 때 내 아이의 공부 능력이 떨어지면 그냥 그렇다고 인정해버리세요. 아이가 게으르고 놀기만 한다고 야단칠 것이 아니라, 공부 외의 다른 재능을 찾아주는 것이 훨씬 현명한 선택입니다.

공부는 동기가 있으면 뒤늦게라도 얼마든지 할 수 있습니다. 하지만 한번 틀어진 부모 자식 관계는 회복하기가 어렵습니다. 야단칠 시간에 내 아이가 충분히 사랑받고 있다고 느끼는지 생각해보는 건 어떨까요?

착하게만 살면 천국이나 극락에
갈 수 있나요?

Q

절에 다니시는 할머니는 극락왕생을 바라며 열심히 보시하시고,
교회에 다니는 어머니는 선행을 해야 천국에 간다며
봉사활동에 열심입니다. 종교마다 좀 차이가 있지만
결국 착하게 살면 죽어서도 좋은 곳에 간다는 말 같은데,
정말 사후 세계가 있나요?

A

　　　　　신부로 살면서 가장 많이 받는 질문 중
하나입니다. 나는 이런 질문을 받을 때마다 일단 "죽고 나서
천국이나 극락에 가는 일은 없다고 생각하라"고 말해줍니다.
죽어서 천국(극락)에 갈 자신이 있는 사람은 손을 들어보십시
오. 나를 비롯해 "나는 천국(극락) 갈 자신이 있다"고 말할 수
있는 사람은 아무도 없습니다.

　혹시 종교를 가진 사람 중에 오로지 천국 갈 일만 바라는 사
람이 있다면 잘못 생각해도 한참 잘못 생각하는 겁니다. 그리
스도교도 불교도 사후 세계, 즉 천국(극락)에 가는 것만 강조
하지 않습니다. 종교들이 하는 설명을 잘 들어보십시오. '천국
(극락)은 자기 마음 안에 있다', '선을 택하는 순간 우리는 천국
(극락)에 있는 것이다', '천국(극락)은 우리가 생각하는 어느 동
네나 나라가 아니다(우리가 상상할 수 있는 모습이 아니다)' 이렇

게 가르치고 있지 않습니까?

그럼에도 불구하고, 맹목적으로 천국(극락) 가기만 바라는 건 지금의 인생이 너무 답답하기 때문입니다. 즉, 지금 눈앞에 펼쳐진 내 인생이 너무 꿀꿀해 한번이라도 좀 멋지고 행복하게 살고자 하는 보상심리가 그릇된 환상을 만들어낸 거지요. 천국(극락)을 죽은 후에 갈 수 있는 탈출구쯤으로 여겨서는 안 됩니다. 그런 환상은 현실을 살아가는 데 아무 도움이 되지 않습니다.

종교에서 가르치는 천국(극락)은 표를 사가지고 갈 수 있는 세계가 아닙니다. 그런데 일부 잘못된 종교는 기차표 팔듯 천국행 티켓 따위를 팔면서 사후세계를 보장해 줄 것처럼 말합니다. 그 대가로 정당한 임금을 주지 않고 노동력을 착취하는가 하면, 헌금을 많이 낼수록 천국(극락)으로 가는 성적이 높아진다고 떠듭니다.

그런 말에 현혹되어선 안 됩니다. 잘못된 환상에 현혹되어 인생을 낭비하지 말고, 종교의 본래 가르침에 충실해야 합니다. "서로 사랑하라", "미운 이웃에게 떡 하나 더 주어라" 이런 가르침이 천국(극락)을 누리는 본래의 가르침입니다. 이 가르침대로 살면 지금 이 순간 천국(극락)에서 사는 게 됩니다. 다시 말해 천국(극락)은 지금 발 딛고 있는 현실에서 '누리는' 곳이지 괴로운 삶을 끝내고 '가는' 곳이 아닙니다.

군이 종교의 가르침을 따질 것도 없습니다. 평소 사랑을 베풀면서 주변 사람들과 화목하게 지내면 마음이 편하다는 건 누구나 압니다. 남에게 괴로움을 주거나 해를 입히면 발 뻗고 잠자기 어렵다는 것도 누구나 압니다. 즉, 우리가 사는 이 현실이 곧 천국이고 지옥이 되는 겁니다. 그러니 천국이니 극락이니 하면서 힘 빼지 마십시오. 내가 사는 곳, 내 삶을 천국(극락)으로 만들면 사후 세계에 대한 의문은 자연히 사라집니다. 내가 사는 곳이 천국(극락)인데 눈에 보이지도 않는 사후 세계를 왜 따지겠습니까?

이렇게 설명해도 여전히 사후세계가 있는지 없는지 확실히 대답해달라고 하는 분들께 한마디만 하겠습니다. "내가 믿으면 있는 거고 안 믿으면 없는 겁니다."

그리스도교 신자인데
절이 좋아요

Q

우연한 기회에 친구와 함께 절에 간 적이 있습니다.

사실 어릴 때부터 성당에 다녀 절에 대해 거부감이 있었는데,

막상 가보니 너무 평화롭고 좋더라고요.

친구가 경건하게 108배를 하는 걸 보고 저도 따라 하고 싶었는데,

죄를 짓는가 싶어 하려다 말았습니다.

절에 자주 가고 싶은데, 이런 마음이 드는 것도 죄가 될까요?

A

대략 우리나라의 천주교 신자가 전체
인구의 10퍼센트 정도 됩니다. 불교가 30퍼센트, 개신교가
(주장하는 기관에 따라 편차가 커 정확하진 않지만) 대략 20퍼센트
정도라고 할 때, 전체 인구의 60퍼센트는 종교를 갖고 있다고
볼 수 있습니다. 이 정도 되면 서로 다른 종교라도 화목하게 잘
지내야지 상대를 배척하면 사회 문제가 됩니다. 우리나라에서
는 아직까지 종교 전쟁이 일어난 적은 없지만, 지역 사회에서
체험한 바로는 서로 몹시 배타적인 게 사실입니다.

모든 종교는 근본적으로 '신'과 '이웃'을 사랑하라는 공통
분모를 가지고 있습니다. 따라서 서로 배타적일 이유가 하나
도 없습니다. 내 종교가 진실된지 확인하려면 이웃을 얼마나
사랑하는가를 보면 됩니다. 보이지 않는 신을 사랑하는 건 표
가 안 나지만 이웃을 사랑하는 건 바로 드러나기 때문입니다.

이웃에 대해 열린 마음을 갖지 않고 내 것만 옳다고 주장하는 건 올바른 종교인의 자세가 아닙니다. 그런 의미에서 좋은 마음으로 절을 방문하는 게 죄가 될 이유가 없습니다.

얼마 전 절친인 채수일 목사님이 경동교회 담임으로 취임하셨습니다. 일반 목회를 하지 않고 평생을 대학에서 후학 양성에 몰두하시던 목사님이 70년 전통의 경동교회에 초빙된 거죠. 그 취임식에 나를 초대해주셔서 기쁜 마음으로 한 걸음에 달려갔습니다. 몇 년 전 내 사제서품 25주년 미사에 문자메시지만 전했을 뿐인데, 해외에서 입국하는 날짜까지 조정해 공항에 도착하자마자 바로 달려와 주셨습니다. 비록 종교는 다르지만(엄밀히 말하자면 뿌리는 같지요), 사람을 사랑하는 그 인품에 저절로 고개가 숙여집니다.

절친 중엔 스님도 있습니다. 낙산사가 화마에 휩싸였을 때 절친인 정념 스님이 주지를 맡고 계셨습니다. 소식을 접하자마자 바로 달려가 봉사자들 밥도 퍼드리면서 스님 곁을 한동안 지키다 돌아온 기억이 있습니다. 그 후로 스님께서는 매년 여름, 내가 운영하고 있는 장애 어린이 합창단 아이들과 100명이 넘는 봉사자들을 초대해 여름 음악캠프를 열어주셨습니다. 지금은 서울 흥천사 주지로 계시면서 매년 부처님 오신 날 나를 불러 마이크를 건네십니다.

사랑을 가르치는 종교가 자기 종교를 지키겠다고 사랑을 저
버리는 바보가 될 이유는 없습니다. 마음을 열고 좋은 점을 서
로 배우고 친구가 되어 함께 세상을 변화시켜 나가야 합니다.
종교의 탈을 쓰고 자기만 먹고 살려고 하는 종교는 일단 폐쇄
적으로 이웃 종교를 비방합니다. 이제는 그런 편협함에서 벗
어나야 합니다. 신을 사랑하고 이웃을 사랑하면 이름은 달라
도 종교는 하나입니다.

좋은 마음으로 절을 찾아 평화를 느꼈는데, 왜 죄가 되겠습
니까? 친구네 집에 놀러간다고 생각하고 기쁜 마음으로 절을
찾으십시오. 불경을 보면 성경과 비슷한 내용이 많습니다. 이
왕이면 친구와 함께 성경도 읽고 불경도 읽으면서 서로가 가
진 종교의 좋은 점을 배워보십시오. 모르긴 몰라도 종교를 가
진 사람이 어떻게 살아야 할지, 이웃을 사랑한다는 것이 어떤
의미인지 더욱 확실하게 깨닫게 될 겁니다.

하고 싶은 일도 의욕도 없는데
어떡해야 할까요?

Q

대학 졸업반이 되어 취업을 준비하는데, 막상 하고 싶은 일이 없습니다.
남들 하는 대로 그냥 취직을 하려니
앞으로의 인생이 너무 재미없을 것 같고, 의욕도 생기지 않아요.
지금까지 공부만 죽도록 해서 제가 뭘 원하는지도 잘 모르겠습니다.
이럴 땐 어떻게 해야 할까요?

A   자기가 무엇을 원하는지 모르겠다는 젊
은이들이 참 많습니다. 그런데 세상에 무언가를 원하지 않는
사람은 없습니다. 원하는 걸 모르는 게 아니라, 무의식중에 원
하는 대로 사는 걸 포기했다고 보는 편이 맞습니다. 왜냐하면
원하는 대로 살려면 편한 길을 포기하고 스스로 도전하며 개
척해야 하는 위험 부담이 따르기 때문이지요. 그런 부담을 짊
어져야 한다는 걸 이미 알고 있기 때문에 '원하는 게 없다'는
애매한 말로 현실을 외면하는 겁니다. 이건 이래서 안 되고 저
건 저래서 안 되고, 이런 소극적인 태도를 가지면 영원히 내가
원하는 걸 찾을 수 없습니다.

그리고, '그냥' 취직을 한다고 인생이 재미없을 거라는 생
각은 편견입니다. 주변을 살펴보면 이미 직장 생활을 하고 있
는 인생 선배들 중 열정적으로 사는 사람들이 분명히 있을 겁

니다. 남들 눈엔 똑같은 시간에 출근해, 똑같이 개미처럼 일하고, 똑같이 주말만 기다리며 사는 것처럼 보여도 직장 안에서 각자 자신만의 스토리를 만들어가며 열정을 다해 살고 있습니다. 표현을 안 할 뿐이지요.

나만 하더라도 세상의 온갖 즐거움을 포기해야 하는(일반인의 90퍼센트는 그렇게 생각합니다) 신부로 살아왔지만, 일반 사람들 못지않게 즐거움과 내 나름의 의미를 찾아 살고 있습니다. 직업이 중요한 게 아니라 태도가 중요하다는 말입니다.

먼저 진지하게 자문해보십시오. 이것저것 재느라 나 자신에 대해, 내가 원하는 것에 대해 눈을 가리고 있는 건 아닌지 말입니다. 적어도 내가 가진 가능성을 스스로 외면하는 바보 같은 행동은 하지 않기 바랍니다. 설혹 원하는 걸 찾지 못했다 하더라도 자신의 앞날을 비관적으로 생각할 필요는 없습니다. 대부분의 직장인이 시키는 일을 하지만, 주어진 임무를 어떤 태도로 임하는가는 각자의 몫입니다. 내 마음가짐과 태도에 따라 뻔하고 지루해 보이는 직장 생활도 얼마든지 신나게 할 수 있습니다.

불륜 관계를 끊을 수가 없어
너무 괴로워요

Q

얼마 전 십 년 만에 대학 동창 모임을 나갔다가
전에 사귀던 남자를 만났습니다.
이젠 나이도 들고 해서 동성 친구처럼 편하게 대했는데,
어느새 따로 만나는 사이로 관계가 깊어졌어요.
남편에 대한 죄책감으로 날이 갈수록 괴로운데,
그 사람을 향한 마음을 멈출 수가 없어요.

A

        성경에 나오는 십계명 중에 '간음하지 말라'라는 계명이 있습니다. 그런데 십계명 안에는 '이웃의 아내를 탐내지 말라'라는 계명도 있습니다. 단순하게 생각해도 '간음하지 말라'라는 계명 안에 포함될 상황을 다시 한 번 강조했다는 느낌이 듭니다.

    십계명은 이스라엘 민족을 제대로 이끌기 위해 세운 법으로 가장 중요한 규율만을 고르고 골라 열 개로 추린 것인데, 한 번의 설명으로 족할 이성 간의 스캔들 금지 조항을 두 번이나 다룬 게 이상하지 않습니까?

    하지만 생각해보면 이유는 간단합니다. 당시에 그만큼 간음죄가 빈번했다는 뜻입니다. 얼마나 남녀 간에 사고가 많이 터졌으면, 추리고 추린 열 개 조항 안에 이성 관계에 관한 금기를 두 개나 넣었겠습니까?

예나 지금이나 사람들은 배우자 하나로는 만족 못하는 것 같습니다. 그러니 신에게 받은 계시대로 십계명을 세운 모세도 남녀 문제로 골치를 썩였겠지요. 말 안 듣는 이스라엘 민족을 데리고 신이 점지한 땅에 무사히 도착하는 일만으로도 머리가 아픈데 남녀 문제로 저희들끼리 치고받으니, 내 짝 아닌 사람을 넘보는 건 절대 해서는 안 된다고 재차 강조한 겁니다. 어찌 보면 칼부림 끝에 살인까지 저지르는 사태를 미연에 방지하기 위한 계명일지도 모르겠습니다.

싸움이 살인으로 이어지던 고대에 비해 지금은 이런 일이 법정에서 해결되니 일면 다행인 것도 같습니다. 하지만 법으로 막는다고 막아지는 일이 아니어서인지, 우리나라를 포함해 대부분의 나라가 간통죄를 폐기했습니다. 그러나 가정을 유지한다는 전제 하에 간음에 대한 금기는 우리 사회에 엄연히 존재하고 있습니다.

문제는 본능입니다. 왜 이성 간의 사랑은 그토록 변덕스러운 걸까요? 한번 사랑했으면 끝까지 사랑하게 둘 것이지, 왜 신은 다른 이성에게 눈을 돌리는 본능을 심어줬을까요? 그래놓고선 또 모세를 내세워 '하나만 누려라. 둘은 절대 안 된다'

고 하고, 나 같은 신부에게는 '하나도 안 된다'고 하는지 참 갑갑한 일입니다.

금기는 깨지라고 있는 것임을 지금의 현실을 통해 알게 됩니다(오죽하면 내가 하면 로맨스, 남이 하면 불륜이라는 말이 나왔겠습니까). 이 땅의 남녀들이 부지런히 이 금기를 깨고 있는 현장의 한가운데 신부가 있습니다. 고백성사를 통해서 현실 파악은 이미 끝났습니다. 어느 조사에 따르면, 도시에 사는 보통 남자가 평생 동안 평균 40명의 여자와 관계를 갖고 여자는 15명의 남자와 관계를 갖는다고 합니다.

50대 중년 남자가 있습니다. 어느 날 30대 여자가 자기 앞에 나타났고 그 여자가 자기를 사랑한다고 고백합니다. 그녀는 처녀이고 자신은 유부남입니다. 그 남자는 어떤 선택을 했을까요? 제어 기능을 상실한 남자는 여자를 잡았습니다. 에로스적 사랑은 감정이 먼저 작용하므로 그냥 빠질 수밖에 없습니다. 이 순간 의지를 작동하기란 거의 불가능합니다.

40대 여성이 있습니다. 골프 동호회에 나갔다가 남자 하나가 눈에 쏙 들어옵니다. 그는 돌싱이고 본인은 유부녀입니다. 남자가 자기를 사랑한다고 고백합니다. 그 여자는 어떤 선택을 했을까요? 여자는 잠시 갈등하지만 남자의 구애를 핑계로

새로운 관계를 맺었습니다.

두 사람 모두 금기를 깨고 빠지고 말았습니다. 이제 어떻게 해야 할까요? 정답은 "금기를 깼어도 머무르진 마라"입니다. '이혼하고 새로운 사랑을 이루리라!', '아름다운 제2의 인생을 살아보리라!'. 그 순간에는 자신이 비련의 주인공처럼 느껴지지만, 그런 사랑은 사랑이 아닙니다. 여러 사람 상처 주고 그 결과로 본인들도 괴로워하다가 결국 끝을 보게 되어 있습니다.

배우자의 불륜으로 상처 받은 사람들이 괴로움을 견디다 못해 나를 찾아와 피 토할 것 같은 심정을 쏟아놓습니다. 이야기를 듣노라면 그 이글거리는 눈빛이 정말 무섭습니다. 그들의 저주가 이렇게 생생한데 새로 찾은 사랑이 끝까지 아름다울 수 있을까요?

계명 안에는 사랑의 본질이 숨어 있습니다. 사랑의 본질은 약속을 지키는 것입니다. 약속을 지킴으로써 여러 사람이 평화를 누리며 살 수 있기 때문입니다. 약속을 지키기 위해 그 순간은 고통이 따르지만, 이를 끝내 지켜냈을 때 성숙한 사람만이 누릴 수 있는 인생의 기쁨, 삶의 보람을 깨닫게 됩니다.

금기를 지키는 것은 보다 높은 차원의 사랑이라는 걸 알아야 합니다. 신이 우리에게 다른 이성에 빠져드는 본능을 준 건 사랑의 참맛을 깨닫게 하기 위해서인지 모릅니다. 슬쩍 금기를 깼더라도 어서 빠져 나오십시오. 깨닫는 순간 늦추지 말고 어서 발걸음을 돌리기 바랍니다. 순간의 달콤함에 빠져 시간을 지속할수록, 끊어낸 뒤의 고통 역시 길어집니다. '조금만 더, 조금만 더'를 되뇌다 패가망신하는 걸 너무 많이 목격했습니다. 애초에 금기를 깨지 않는 것이 좋겠지만, 설령 실수했더라도 만회할 기회는 있습니다. 그 기회를 놓치지 말고 보다 성숙한 사람으로 거듭나길 바랍니다.

살아가면서 우리는 길을 잃고 헤맬 때가 많습니다.
그런데 가만히 보면 길을 찾지 못하는 건
내 안에 허세가 자리하고 있기 때문입니다.
허세를 벗어버리고 솔직한 나를 찾는 것이
막힌 인생길을 뚫을 수 있는 방법입니다.

홍창진 신부의 유쾌한 인생탐구

초판 1쇄 2016년 6월 20일
　　4쇄 2021년 6월 17일

지은이 | 홍창진

발행인 | 이상언
제작총괄 | 이정아
편집장 | 조한별

발행처 | 중앙일보에스(주)
주소 | (04513) 서울시 중구 서소문로 100(서소문동)
등록 | 2008년 1월 25일 제2014-000178호
문의 | jbooks@joongang.co.kr
홈페이지 | jbooks@joongang.co.kr
네이버 포스트 | post.naver.com/joongangbooks
인스타그램 | @j__books

ⓒ 홍창진, 2016

ISBN 978-89-278-0773-5 03810

중앙북스는 중앙일보에스(주)의 단행본 출판 브랜드입니다.